Par le grelot des lutins !

STÉPHANIE ROSELIÈRE

ÉDITIONS
Élixyria

Par le grelot des lutins !

STÉPHANIE ROSELIÈRE

Mentions légales
Éditions Élixyria
http://www.editionselixyria.com
https://www.facebook.com/Editions.Elixyria/
ISBN : 978-2-37961-379-1
Photographies de couverture :
Kraken Images & Prometeus

À mes parents qui m'ont longtemps fait croire au père Noël.

À ma tribu, mon plus beau cadeau : à deux, nous sommes heureux, à cinq, nous sommes complets.

« C’est Noël : il est grand temps de rallumer les étoiles. »
Guillaume Apollinaire

« Soyez vous-même, les autres sont déjà pris. »
Oscar Wilde

1 - VIVE LE VENT

Assise dans la voiture, je relis la fiche de mon dernier client de l'année. Jacob Gauthier, trente ans, agent immobilier à Dijon. Ordre de mission : l'exhorter à ne plus fuir les relations sérieuses afin de fonder une famille un jour. Durée du contrat : du 9 au 22 décembre inclus, pendant ses congés annuels (le seul moment où cet homme qui gère sa propre affaire est disponible).

Avec un tel objectif et un délai aussi court, cela ne va pas être de la tarte. D'autant que ce service de coaching est un cadeau-surprise de son frère. Je ne suis pas certaine que ce monsieur Gauthier le voie d'un bon œil, dans un premier temps. Ce genre de situation s'avère plutôt risqué, l'agence qui m'emploie en est consciente. Pour preuve : c'est bibi qu'elle a envoyée sur le terrain. Je ne suis pas la plus proche d'un point de vue géographique, mais bien la plus optimiste de toute l'équipe. Ainsi, j'ai dû quitter mon 2e arrondissement lyonnais pour la Bourgogne. J'ai toutefois eu le temps de réfléchir à la meilleure méthode à employer.

Mon programme va reposer sur deux axes : définir avec ce fameux Jacob ce qu'est une vie de famille idéale, selon lui, et lui rappeler les bases pour qu'une relation fonctionne. Bon, il va de soi que je ne lui présenterai pas les choses de manière aussi abrupte. Je vais plutôt lui proposer des activités dont il devra tirer lui-même des conclusions.

Néanmoins, afin d'ajuster mon planning et de l'orienter correctement, je dois affiner son profil. Dans cette optique, notre première rencontre sera déterminante. Me présenter chez lui à l'improviste pour interférer dans sa vie privée me donnera tout de suite la température. Quoique mandatée par son frère, j'espère ne pas courir au désastre.

J'éteins ma tablette numérique, puis la glisse dans son étui de protection en regardant au-dehors. Le quartier a l'air sympa. J'ai croisé un square sur ma route et, par miracle, j'ai déniché une place où me garer. Je n'aurais jamais pensé que cette charmante ville me donnerait autant de fil à retordre pour y circuler avec ma citadine. En l'espace de quarante-huit heures, mon GPS est devenu mon meilleur ami, les parcmètres, mon pire cauchemar.

Quittant mon véhicule, je me dirige d'un pas décidé vers le pavillon où habite mon client. Le portillon est ouvert, je prends cela pour un signe de bon augure. Je remonte l'allée jusqu'à la porte d'entrée surmontée d'une jolie marquise, sonne avec entrain.

Un homme de grande taille ouvre le battant de bois et je suis bien obligée d'admettre que la photo de mon dossier ne lui rend pas justice : il est encore mieux en vrai. Une sorte de mannequin suédois, digne d'une publicité pour Giorgio Armani. Blond, la mâchoire carrée, avec juste ce qu'il faut de virilité, des yeux bleus à damner un saint et une tenue irréprochable. *Vraiment pas mal du tout.*

Excepté le fait qu'il baisse des yeux méfiants sur mon mètre cinquante-neuf :

— J'ai déjà la boîte de chocolats de l'association sportive du quartier et je ne prends que le calendrier des pompiers.

Il est poli, avec un air pincé. Du genre qui a de l'éducation et se retient, mais meurt d'envie de vous dégager à grands coups dans le derrière.

— Oh, non, ce n'est pas ce que vous…

Avisant ma sacoche de travail, le type me coupe :

— Je ne souhaite pas changer de fournisseur d'énergie ou de mutuelle.

— Ça tombe bien, je n'ai rien à vendre ! m'empressé-je de glisser. Je suis venue pour une livraison.

Il hausse un sourcil.

— Sans colis ?

— Il s'agit d'un cadeau, sous forme de prestation.

Le blond me toise de haut en bas d'un œil critique.

— D'habitude, elles sont plus dénudées… et plus pulpeuses. Je ne suis pas intéressé, navré.

Il referme la porte sans autre forme de procès. Je reste plantée là, les bras ballants, la bouche en cul de poule. *Non, mais sérieusement, il vient de me traiter de prostituée !* Je baisse les yeux vers ma poitrine. Elle n'est pas si mal pourtant, et garantie sans silicone. Je sens qu'il va y avoir du boulot.

Rassemblant toute ma patience, je frappe deux coups à la porte pour signaler que je suis toujours là. Aucune réaction. Le goujat m'ignore.

J'insiste :

— Monsieur Gauthier, c'est votre frère qui m'envoie.

D'un ton peu amène, le récalcitrant de service me lance à travers le battant qu'il n'est pas au courant. Bon, je conçois que je le dérange le premier jour de ses vacances, ce n'est pas pour autant une raison de me recevoir de la sorte. Il n'avait rien d'important de prévu cette semaine, son frère me l'a assuré. En outre, il commence à faire frisquet.

Je tente de négocier une dernière fois :

— S'il vous plaît, pouvons-nous en parler face à face ?

Silence buté de l'autre côté. Nom d'un sucre d'orge glacé ! Ce Viking de pacotille a réussi à m'énerver. Eh bien, aux grands maux (c'est le cas de le dire), les grands remèdes. Je me mets à crier :

— Jacob, ouvre-moi ! Tu ne peux pas me laisser dehors en plein hiver après m'avoir mise enceinte !

Magnifique timing, un couple de voisins sort juste au moment où il ouvre brusquement la porte. Les petits vieux marquent un temps d'arrêt, curieux de constater si je dis vrai, et mon client n'a plus le choix : il me tire à l'intérieur d'un geste sec.

— Ça marche à tous les coups, dis-je en réajustant ma parka malmenée dans l'action.

— Vous trouvez que c'est un sujet de plaisanterie ?

Les yeux bleus de mon hôte lancent des éclairs. De près, ils sont encore plus beaux, malgré la colère brute qui y règne. J'ai touché une corde sensible, je le note en mon for intérieur : ce mec savamment habillé est droit dans ses bottes et dénué de second degré. Ce que j'ai pris au premier abord comme de l'élégance naturelle est peut-être juste le signe qu'il aime contrôler son image.

Malgré tout, je ne vais pas le lui reprocher, étant moi-même très attentive à mon look dans le cadre de mon travail. La faute à ma petite taille. Je parais plus jeune que mon âge et fais figure de chose fragile. Du reste, cette impression est renforcée par mon visage, que l'on compare souvent à celui d'une poupée : de grands yeux marron très expressifs encadrés de cheveux bruns, un nez fin et des lèvres bien dessinées, selon les dires des uns et des autres. Certains inconnus se paient même le luxe de me tutoyer, c'est limite s'ils ne me tapotent pas le haut du crâne comme un gentil petit chien. Heureusement pour eux, je ne mords pas. Du moins, pas à chaque fois.

Le fait qu'on ne me prenne pas au sérieux me pousse donc à tout miser sur mon apparence : des vêtements bien coupés, un maquillage *nude,* et jamais de chaussures plates. Juchée sur mes talons, je me sens plus mature. C'est idiot, je sais. Il s'agit de simples accessoires pour gagner quelques centimètres, mais on ne se refait pas. De même, lorsque je sors, je m'applique à arborer un brushing impeccable : aucune mèche ne dépasse, que ce soit au niveau de ma frange droite ou de mes pointes qui retombent sagement sur mes épaules. Ce n'est pas de la superficialité, juste une technique de présentation.

Soucieuse d'arranger les choses avec mon client, je tente de calmer le jeu :

— Je suis désolée, ce n'était pas très fin. Arrêtons les chamailleries, si vous le voulez bien. Je suis là pour travailler, pas pour me tailler une réputation de désespérée dans votre quartier.

Je lui tends une main amicale.

— Je me présente : Ania Roche, coach en développement personnel pour le compte de l'agence AmaRe.

Il la serre par obligation et, contre toute attente, adopte un sourire de félin.

— Je n'ai nul besoin d'être assisté, je suis très bien développé à tous les niveaux.

Encore un prétentieux ! Cependant, je ne peux m'empêcher de jeter un œil sur ses mains (grandes, elles aussi), et de me gifler mentalement lorsqu'il me surprend en flagrant délit. Me sentant virer au cramoisi, je sors des documents de mon sac pour faire diversion.

— Voyons voir… Jérémy Gauthier, résidant à Beaune, marié et père d'un petit garçon. Est-ce bien votre frère ?

Il hoche la tête, ses yeux lagon me fixant toujours comme si j'étais une intruse campée dans son vestibule.

— Alors je suis au bon endroit. Ce dernier vous offre un bilan personnalisé de deux semaines. Une sorte d'accompagnement durant vos congés, pour faire le point sur votre année sentimentale et professionnelle. Je serai là pour vous aider à finaliser vos achats de Noël, par exemple, mais aussi pour vous conseiller dans vos relations, si besoin. Sans être trop intrusive et dans le respect d'un code déontologique, bien entendu.

Les muscles de son visage ne bougent pas d'un iota. J'espère que ce n'est pas le genre qui sourit les seules fois où il se coince les doigts dans une porte. Je fais mine de ne pas remarquer son manque d'enthousiasme et continue sur ma lancée :

— Mon métier consiste à déterminer avec vous un objectif à atteindre dans un délai donné. Nous allons nous voir du lundi au vendredi, quelques heures dans l'après-midi. J'assure aussi une astreinte téléphonique le week-end, sans toutefois me déplacer. Pour finir, même si je suis ouverte à vos propositions, je reste décisionnaire pour ce qui est des activités la première semaine, pendant mes heures de consultation. Dans le cas contraire, je ne peux vous apporter une analyse au plus juste.

À présent, ce cher monsieur Gauthier pince les lèvres de contrariété. Il est certain que, du haut de son mètre quatre-vingt-cinq, il ne doit pas avoir l'habitude qu'on lui impose quoi que ce soit. Je vois qu'il est sur le point de me rembarrer, quand je décide de dégainer mon arme secrète.

On ne cesse de me répéter que j'ai des yeux de biche, donc, lorsque je veux convaincre un client, je prends mon expression de femme enfant. Je déteste cela, mais le fait est qu'une grande partie des mâles y est sensible : le battement de mes longs cils couplé à ma petite taille forme un combo fatal.

— Je ne vais pas vous déranger plus longtemps, vous n'aviez pas prévu ma visite. Il s'agit là d'une simple prise de contact.

Je lui remets un dossier de présentation préparé la veille, en prenant bien garde à lui effleurer la main d'un air mutin. Ne nous leurrons pas, ce qui fait marcher le monde n'est pas la matière grise, mais ce qui se trouve en dessous de la ceinture. D'ailleurs, on dirait que mon client se radoucit.

— Je vous laisse consulter tranquillement ces informations complémentaires, quitte à contacter votre frère si nécessaire. Je vous ai noté mon numéro de portable sur la première page, ainsi que celui de la réception de mon hôtel. On se voit demain, à l'heure et à l'adresse indiquées en fin de document. De fait, vous pourrez me poser toutes vos questions à tête reposée.

J'ouvre la porte puis décoche mon sourire le plus ravageur.

— Je suis de votre côté, monsieur Gauthier, ne vous y trompez pas. Bonne fin de journée.

Sur ces mots, je tourne les talons en direction de ma voiture. Inutile de me retourner pour savoir qu'il est déjà en train de saisir son téléphone afin d'enguirlander son frère et vérifier mes dires. À moins que ce ne soit le genre à reluquer le postérieur des demoiselles, auquel cas il ne devrait pas être déçu.

De retour dans mon véhicule, le bracelet que je porte à mon poignet droit tinte contre le pommeau du levier de vitesse lorsque je pose mon sac du côté passager. Je l'observe un instant, intriguée par la particularité de ce jonc si délicat. J'ai beau le scruter sous tous les angles, je n'arrive pas à déterminer sa couleur, qui varie selon la lumière. Tantôt or, tantôt argent, il lui arrive de prendre une teinte rosée, avec des reflets irisés. Ce bijou est un cadeau d'une grande valeur sentimentale, je ne dois pas le perdre. Quant à savoir de quelle matière il est fait… je n'en ai aucune idée. Tout comme je ne me souviens pas de qui me l'a offert. Il y a une sorte de blocage dans mon esprit, qui est assez déstabilisant. D'autant que j'ai hérité de ce problème lors de ma mésaventure, il y a deux jours, à mon arrivée à Dijon.

Affectée par un début de migraine, je ferme les yeux, la tête renversée contre mon siège. Moi qui ne suis que rarement malade, voilà que cela m'arrive en plein travail. C'est bien ma veine. Je réprime une grimace tout en me remémorant l'événement qui m'a quelque peu chamboulée, samedi dernier.

À l'annonce de l'accouchement d'une amie, je n'ai pas pu attendre d'être de retour dans ma ville pour faire des emplettes. Pressée de gâter le petit bout de chou, j'ai parcouru avec ardeur les boutiques dijonnaises. Sauf que, par un malheureux concours de circonstances, un rayonnage d'articles de puériculture s'est en partie décroché juste à côté de moi, venant me heurter la tête. Bizarrement, je ne me souviens pas de l'incident en soi, qui m'a été rapporté par la vendeuse. Je me rappelle juste m'être retrouvée les fesses par terre, le coccyx douloureux et les oreilles bourdonnantes. Dans le brouillard quelques secondes, j'ai vite repris mes esprits, au point de blaguer avec la commerçante l'instant d'après. Ce n'est donc pas grave, je le saurais si j'avais une hémorragie cérébrale.

Le truc qui m'embête, c'est que je venais de me disputer au téléphone avec ma mère (pour une raison que j'ai également oubliée) et que je ne peux pas la recontacter pour enterrer la hache de guerre. Mon portable m'a échappé lors du choc, pour terminer sa course sous le contenu du rayonnage. Il est ressorti totalement brisé de son duel avec un lit pour bébé. Par conséquent, j'ai dû en acheter un autre d'urgence et mon ancienne carte SIM est irrécupérable : impossible de consulter mes derniers appels, de lire mes textos, ou de visionner mes photos.

Il ne me reste plus qu'à patienter jusqu'à mon retour à Lyon pour consulter mon répertoire papier afin de joindre ma mère. C'est qu'à force d'être assistée par la technologie, où il suffit de taper le nom d'une personne pour l'appeler, je ne retiens plus aucun numéro.

Quoi qu'il en soit, j'ai l'avantage d'être rigoureuse dans mon travail, et tous les éléments dont j'ai besoin pour ma mission sont classés dans ma tablette professionnelle. Plan de Dijon, planning de la première semaine, profil du client, établi selon les informations données par son frère, en plus de celles que j'ai glanées sur le Web… Il est donc inutile de paniquer.

Je rouvre les yeux, masse mes tempes endolories. Mon crâne pulse de contrariété. Je suis proche de ma mère et ne souhaite en aucun cas que l'incompréhension s'installe entre nous pour un bête accident. Je revois le visage de mes parents, si amoureux l'un de l'autre, si soucieux de leur fille unique célibataire, à leur grand désespoir, alors qu'eux-mêmes ne vivent pas ensemble. Quelque chose les en a sans cesse empêchés. Une sorte de secret que je n'arrive pas à percer. Plus je creuse, plus les vibrations dans ma tête s'intensifient. Je me mords l'intérieur des joues, nauséeuse.

Il semblerait que la rencontre un brin houleuse avec mon client m'a plus irritée que prévu. Cela ira sans doute mieux après un bon bain, une fois rentrée à mon hôtel. Après tout, ce ne sont que des incertitudes passagères. Résolue, je tourne la clé de contact.

Certes, mon séjour ici n'a pas démarré sous les meilleurs auspices, mais j'ai toujours été de nature optimiste, et ce n'est pas à vingt-neuf ans que cela va changer. Comme dirait ma copine Zaïneb : « Je ne suis pas là pour faire du vent, il y a les éoliennes pour ça ». Ce Jacob Gauthier n'a qu'à bien se tenir !

2 - ALLER DE L'AVENT

Cet après-midi, le temps n'est pas plus clément qu'hier : froid et humide, avec un léger brouillard qui peine à se dissiper. J'ai remarqué que le climat bourguignon est quelque peu différent de chez moi. L'hiver y est plus grisonnant, avec un vent frais persistant. Ou alors, il s'agit d'une interprétation toute personnelle, liée à mon appréhension face à cette seconde entrevue avec mon client. Je croise les doigts pour qu'elle soit plus chaleureuse que la veille.

Je lui ai donné rendez-vous dans un café à chats. Personnellement, les félins, ce n'est pas ma tasse de thé. Ils sont sauvages et vicieux, ils filent la toxo et les collants. Le pire, c'est lorsqu'ils se battent. Leurs cris ressemblent à s'y méprendre à des pleurs de bébé. Un tel don d'imitation ne peut être que maléfique.

Oui, je sais, quelle idée de ne pas adorer les chats ! Mon défaut est trop horrible à avouer, et je n'ai même pas l'excuse d'être allergique.

Au-delà de ça, le choix de ce lieu atypique n'est pas anodin : je veux sortir ce monsieur Gauthier de sa zone de confort. Savoir s'il s'adapte sans difficulté, ou s'il est hermétique aux endroits originaux. C'est un excellent test pour mon client bon chic, bon genre.

S'il réprime un juron parce que l'un des matous laisse des poils sur son pantalon ou bave sur sa veste, je jugerai sa réaction normale. Mais s'il lui file un coup de pied sous la table, je devrai le ranger dans la catégorie « prompt à la violence ». Un homme qui martyrise les animaux n'a pas vraiment une nature à fonder une famille.

Tandis que je pousse la porte vitrée du café, décorée de flocons réalisés à la bombe de neige artificielle, je salue la serveuse et accueille avec reconnaissance la chaleur de la salle. L'ambiance est très cosy. On se croirait dans le salon d'une vieille dame : des fauteuils fleuris bien rembourrés, de jolies tables en bois, quelques plantes en pots, diverses aquarelles au mur… Et, bien sûr, des chats. Partout. Qui se prélassent dans des paniers, se promènent en quémandant des caresses, ou prennent possession des sièges vacants. Il y en a même un qui trône en plein milieu d'une table. Sur ma droite, un petit écriteau précise qu'il est interdit de déranger les animaux qui dorment ou d'utiliser le flash de son appareil photo.

Je repère rapidement mon client, assis près d'une des fenêtres, très séduisant dans son pull à motifs Jacquard. Enfin, là n'est pas le propos. Il est ponctuel, un bon point pour lui.

En marche vers sa place, je renifle l'air aussi discrètement que possible : aucune odeur d'urine ne flotte dans la salle. Ouf ! J'ai donc fait le bon choix concernant l'établissement.

Arrivée à son niveau, bien que le Dijonnais me regarde avec sévérité, nous échangeons de cordiales salutations. Je le sens sur la réserve, même s'il a fait l'effort de venir. Il me tend la carte, m'indique m'avoir attendue pour commander.

Le menu est original : à droite, la liste des boissons et collations possibles, à gauche, de très belles photos de chats avec leurs noms, âges et caractères. Je découvre ainsi que les deux félins noirs qui me fixent du haut de l'arbre à chats se nomment Réglisse et Ninja. Sont aussi présents Raja au pelage tigré, Dormeur le gros matou roux, Pandora aux yeux verts et au pelage gris, Praline, Houblon, Napoléon… La majorité de ces animaux provient de refuges, certains étant candidats à l'adoption. En réalité, c'est plutôt sympa comme concept.

Mon client commande un café viennois, moi, un serré sans sucre, accompagnés de gaufres au miel pour tous les deux.

Puis, j'entre tout de suite dans le vif du sujet en abordant ce qui préoccupe mon compagnon de table : la présence d'un coach dans sa vie. Moi-même.

— Avez-vous parlé à votre frère ?

Son regard passe de bleu saphir à bleu orage.

— Selon lui, je ne profite jamais de mes congés pour me recentrer sur l'essentiel et il est grand temps que j'ouvre les yeux. D'où votre venue.

Il tapote du bout des doigts sur le plateau de la table.

— Je sais très bien ce qu'il a derrière la tête et je n'apprécie pas du tout qu'il se mêle de ma vie privée de la sorte.

Je ne peux m'empêcher de poser une main sur la sienne, dans un geste que je souhaite rassurant.

— Ça part d'un bon sentiment, monsieur Gauthier. Je vais être transparente avec vous : le donneur d'ordre – votre frère, donc – a fourni à l'agence un profil très précis que je peux vous rapporter.

Je fouille dans mon sac en daim *oversize* pour en sortir mon carnet de notes et cite :

— « Jacob est parfait en société, dans son travail, ainsi qu'avec les femmes. Il fait cependant en sorte de choisir des compagnes aux antipodes de ses aspirations pour ne pas avoir à rompre. Elles le font d'elles-mêmes. Je rêve d'une belle-sœur qui serait moins attachée à se montrer sous son meilleur jour qu'à rendre mon frère heureux. J'aimerais qu'il se rappelle les moments heureux passés en famille, et qu'il cesse de saboter ses relations par peur de fonder un foyer. »

Je lève les yeux de ma lecture puis referme mon carnet d'un claquement théâtral.

— Vous ne m'avez pas l'air peureux, pourtant.

— Ce n'est pas ce que je recherche dans l'immédiat, c'est tout.

— Bon, ce n'est pas très subtil comme façon de vous réclamer des neveux et nièces, à vous toutefois d'en tirer avantage. Suivez la démarche sérieusement, et prouvez à votre frère qu'il se trompe. Si mon compte rendu confirme que vous avez suivi le programme et que votre choix de vie vous convient, il vous laissera tranquille par la suite.

— Ne serait-ce pas un échec pour vous si je ne trouve pas de prétendante après votre intervention ? me demande-t-il, surpris.

Le temps de peser mes mots, j'observe Guizmo qui boit à grandes lampées dans une des coupelles d'eau réparties sur de hautes étagères inaccessibles aux clients.

— Il faut plusieurs tours de manège pour attraper le pompon. Je ne fais pas de miracle, je propose seulement des pistes d'exploration. Si vous n'avez pas changé de point de vue après cette prestation, ce sera juste une expérience non concluante pour vous. De mon côté, je vous classerai sur ma liste des cas désespérés avant de clôturer votre dossier. J'aurai quand même accompli ma tâche et je serai payée.

Le grand blond me regarde, consterné, avant d'esquisser un sourire. Tiens donc ! Aujourd'hui, il semble être réceptif à l'humour.

— Intelligente et optimiste. Je ne savais pas que les deux pouvaient s'accorder.

« Intelligente ». Il vient de me faire un compliment. Pas mignonne, ou marrante, mais dotée d'un cerveau opérationnel. Je n'en reviens pas. Encore que, à bien y réfléchir, cela signifie qu'il ne doit pas me trouver attirante. Du coup, je ne sais pas si je dois me vexer. Bref, je m'égare.

La serveuse nous interrompt, le temps de déposer nos consommations, puis s'éloigne à grandes enjambées. Le lieu ne désemplit pas, la clientèle continue d'affluer.

À la vue des gaufres, Guizmo plisse ses yeux de prédateur et saute de son perchoir pour venir se poser sur une chaise vide à côté de mon acolyte du jour. Pensif, ce dernier caresse le chat sans même s'en rendre compte. On est bien loin de ce que je m'étais imaginé en l'invitant ici. Complètement à l'aise, mon client prend possession de son environnement, avec tout ce qui s'y trouve. Et le chat apprécie, comme en témoignent ses miaulements et son air énamouré devant ce bel inconnu qui s'attarde sur son pelage. À mon tour, je me focalise sur cette grande main faite pour les caresses, me retenant de ronronner également. Un second point positif à cocher sur sa grille d'évaluation.

Après quelques gorgées de son café viennois, le déroutant Jacob relance la conversation :

— J'ai lu les informations que vous m'avez remises hier. Il est précisé que votre agence est généraliste et fait appel à divers intervenants salariés pour offrir des accompagnements sur mesure. À supposer que votre travail m'intéresse, dites-m'en plus sur le marché du développement personnel.

Je lui souris avec chaleur. Voilà un sujet qui me botte.

— À l'ère des burn-out, l'agence se révèle très utile pour certaines personnes en difficulté. Mon atout, en tant que coach, est d'avoir reçu une formation polyvalente. Techniques de relaxation, programme sportif, éducation des enfants, prise de parole en public… Je peux actionner plusieurs leviers pour atteindre les objectifs fixés par mes clients. En outre, les conseils d'une personne extérieure sont paradoxalement plus écoutés que ceux d'un proche qui vous tiendrait pourtant le même discours. Il y a une seule chose que je ne fais pas : le relooking. Je laisse ça à Cristina Córdula.

— En somme, vous êtes une sorte de Jiminy Cricket, conclut mon client en se passant une main dans les cheveux.

C'est fou comme le moindre de ses gestes peut être empreint de séduction. Je me perds un instant dans ses beaux yeux avant de répondre, avec un temps de retard, troublée malgré moi :

— Oui.

Il ne me lâche pas du regard, ce qui déclenche en moi un étrange frisson. Je devrais avoir froid alors que je chauffe. Ses iris passent au bleu glacier tandis qu'il assène :

— N'avez-vous pas l'impression de profiter de ces gens qui n'ont pas confiance en eux ?

Oups ! Torpilles en vue. Je ne m'y attendais pas. Toujours est-il que je ne céderai pas un millimètre de terrain.

— Nous leur donnons les clés pour ouvrir leurs portes intérieures. Mieux vaut que nous les épaulions avec professionnalisme plutôt qu'ils fassent appel à divers charlatans qui les délesteraient de leur argent.

Il compte surenchérir, mais je ne lui en laisse pas le temps :

— Et vous, monsieur Gauthier, n'avez-vous pas honte de profiter des pauvres gens forcés de vendre dans l'urgence avant que ne tombe le couperet du prêt relais ? Ils doivent baisser le prix de leur habitation tandis que le montant de votre commission, lui, ne varie pas…

— Je ne leur impose jamais ça ! Je vends intelligemment. L'estimation est faite au plus juste dès le début, et le bien mis en avant correctement. Mon travail est de contenter acquéreur et vendeur.

Il fait la moue, méprisant.

— Vous regardez trop les émissions de télévision qui tuent le métier en laissant entendre que l'acheteur peut exiger un logement refait à neuf à prix réduit. J'aime l'architecture et je me fais un devoir de dénicher pour mes clients des maisons qui leur ressemblent.

Je triomphe :

— Vous voyez ! C'est une question de point de vue. Dans la pratique, nos métiers sont similaires. Nous ne manipulons pas notre clientèle, nous travaillons dans l'ombre pour son intérêt.

Mon interlocuteur affiche un air blasé, conscient d'avoir été poussé dans ses retranchements. Vautré sur son arbre à chats, un gros poisson en peluche entre les pattes, Ninja semble approuver mes paroles (à moins que ce ne soit Réglisse ?).

— Je suis pour l'épanouissement de l'individu tel qu'il est, non pas comme on s'attend à ce qu'il soit. Les gens restent souvent figurants de leur propre vie. Mon travail est de leur montrer qu'ils valent quelque chose, peu importe l'image que leur renvoient les autres.

Je ne précise pas que l'amour de mon prochain et des fins heureuses ne sont pas les seules raisons qui ont motivé mon choix de carrière ; que moi aussi, j'ai pris un chemin pas forcément prévu pour moi.

Je porte un morceau de gaufre à la bouche quand Ninja se lève pour trottiner vers moi. Je n'ai pas d'autre choix que de lui en donner un bout parce qu'il dégaine un autre pouvoir démoniaque : les yeux du Chat potté. Je le laisse ensuite s'installer sur mes cuisses. Nous sommes en hiver, autant qu'il me réchauffe.

En face de moi, en pleine réflexion, le grand blond termine sa pâtisserie. Je le sens hésiter, c'est le moment ou jamais de le convaincre.

— Monsieur Gauthier, il est évident qu'il faut un temps d'adaptation pour collaborer. Tenez, par exemple, j'ai eu à suivre un chômeur longue durée. Sa mère m'avait demandé d'intervenir pour l'accompagner dans sa recherche d'emploi, car, selon elle, il n'avait plus confiance en lui, et l'Administration ne lui était d'aucune aide. J'ai passé la première heure à lui expliquer comment mettre en valeur son CV sur ordinateur. Pendant tout ce temps, il a gardé la tête posée sur une main, m'incitant à le croire fatigué ou déprimé. Quand je lui ai transmis la souris pour passer à la pratique, j'ai remarqué son écouteur dans l'oreille : il suivait un match de football. Le ton était donné, et j'ai dû mettre les points sur les « i » plusieurs fois, mais on a fini par lui décrocher un emploi qu'il occupe encore à l'heure actuelle.

— C'était votre pire client ?

— Oh, non ! C'est vous qui détenez la palme. Me traiter de péripatéticienne en moins de cinq minutes vous a fait entrer dans mon livre des records personnel.

Radieuse, je savoure sa mine déconfite. Au moins, semble-t-il regretter ses paroles.

— Je suis désolé, je n'aurais pas dû. Vous êtes très classe, en plus. Un courrier m'avait mis de mauvaise humeur, j'aspirais à la tranquillité.

— J'en ai vu d'autres, ne vous inquiétez pas. Monsieur Gauthier…

Il m'interrompt.

— Arrêtez de m'appeler « monsieur » à tout bout de champ.

Je prends un air surpris.

— Oh, excusez-moi, j'ai dû mal comprendre. Sur ma fiche, il est noté que vous êtes de sexe masculin et votre pomme d'Adam semble indiquer...

Il émet une sorte de grognement animal qu'il arrive à rendre sexy.

— Cessez de me provoquer et appelez-moi Jacob. Ce sera plus simple si nous devons nous voir régulièrement dans les deux semaines à venir.

— Dois-je en déduire que vous êtes d'accord pour tenter l'expérience ?

— Ai-je le choix ? Mon crédule de frère a payé d'avance.

J'encaisse la pique. Le bougre a le mérite d'être franc.

— Ce ne sera pas aussi terrible que vous le craignez, ou je veux bien manger mon bonnet.

— On dit mon chapeau.

— Parce que vous êtes professeur de français maintenant ? Ça signifie la même chose. Et puis, nous ne sommes pas là pour juger mes expressions, mais pour vous, Jacob !

L'utilisation de son prénom semble sceller notre accord. Il hoche la tête et boit le reste de son café viennois tout en me scrutant. Regard troublant, bleu liquéfiant.

Il va falloir garder la tête froide, Ania.

3 - LE TINTEMENT DU GRELOT

La serveuse qui vient débarrasser notre table nous explique qu'une chatte va bientôt mettre bas, une portée de trois bébés. Ainsi, pour les clients qui le souhaitent, il est possible de proposer à l'établissement des noms de mâles ou femelles. Elle ajoute que ce ne sont pas des chats avec un pedigree, que nous pouvons donc laisser libre cours à notre imagination. Puis elle nous laisse un pot à crayons ainsi que des Post-it de couleur et désigne du doigt un grand vase en verre dans lequel reposent quelques bulletins pliés. Voilà qui tombe à pic ! Cela fera un excellent exercice pour commencer à cerner mon client.

Tandis que je réfléchis, crayon en main, je suis des yeux Altesse et Bounty qui s'amusent à courir après une balle à grelots. Le tintement des clochettes résonne à mes oreilles de manière disproportionnée alors qu'un souvenir affleure à la surface de ma conscience.

Je me revois gamine, dans le salon avec ma mère, en train de déballer les décorations de Noël. J'ai à la main un bonnet à grelots et lui demande pourquoi nous ne pouvons pas vivre avec papa. Nous serions tellement plus heureux ensemble ! Elle prend une mine triste, à peine quelques secondes, avant d'afficher ce sourire si lumineux que j'aime tant. « Il aimerait bien, lui aussi, mais il a sa vie ailleurs », me répond-elle. « Nous n'avons pas le droit, il a déjà un foyer. » « C'est nul », répliqué-je, boudeuse. « Quand je serai grande, je ne tomberai pas amoureuse de n'importe qui. » Maman me serre alors très fort dans ses bras et me chuchote d'une voix douce qu'elle, elle ne garde que le meilleur. Que leurs moments volés sont les plus beaux, que j'ai été leur cadeau-surprise. « Tu apprendras un jour que quand le cœur parle, la raison se tait. »

Sauf que ce que je ressens à ce moment-là, du haut de mes cinq ans, n'est qu'incompréhension et sentiment d'injustice.

De retour dans le présent, je me sens mal. Mon rythme cardiaque augmente, quelque chose me chiffonne. Une sorte d'avertissement intérieur. J'ai oublié où vivait mon père quand il n'était pas avec nous, et avec qui. Pourtant, il ne fait pas assez froid pour geler ma matière grise. Prise de vertiges, je ravale ma bile, inspire un grand coup. Ce ne sont pas de ridicules trous de mémoire supplémentaires qui vont perturber ma mission. Mon travail dépend de ma réputation. Je suis coach, et un coach n'a pas de faiblesses.

Face à moi, Jacob se racle la gorge pour attirer mon attention.

— Excusez-moi, j'étais perdue dans mes pensées.

— Je vois ça, oui. Manqueriez-vous d'inspiration, madame la coach ?

— Quand le père Noël aura coupé sa barbe ! Faites-moi voir ce que vous avez noté, riposté-je en tendant la main.

Il me dépose son carré de papier jaune dans la paume et s'empare du mien, d'un orange pétant. Nos doigts se télescopent. Moment d'hésitation. Décharge électrique qui remonte le long de mon bras. Je fais comme si de rien n'était.

Jacob a une belle écriture. Ni trop grande ni trop petite, avec beaucoup d'espace entre les mots. Un homme au fort besoin d'indépendance donc. Ah, et légèrement penchée à droite, ce qui dénote une inclination pour la communication et les rencontres. Tout n'est pas perdu. Quant à son choix de noms pour les félins, il démontre une grande… culture.

— Loki, Orphée et Gaya. Vous aimez la mythologie ?

— Et vous, Ania ? Auriez-vous une secrète addiction à Noël ? Elvis, passe encore, mais Melchior et Cannelle… Pauvres chatons.

— Je ne m'en cache pas : c'est une période chaleureuse que j'aime beaucoup. Vos congés tombent très bien. L'atmosphère de Noël est parfaite pour réfléchir au sens des moments joyeux en famille.

Il se met à ricaner.

— Laissez-moi deviner le programme de demain… Nous allons confectionner des petits sablés en décorant un arbre de Noël !

— Nous sommes le 10 décembre ! m'écrié-je. J'espère bien que votre sapin est déjà en place.

Je lui indique alors que nous nous retrouverons à l'entrée du marché de Noël, dans le centre historique de la ville, et que, d'ici là, j'aimerais qu'il me note ce qu'évoquent pour lui les fêtes de fin d'année. Ce qu'il aime, ce qu'il n'aime pas, des souvenirs, des saveurs… Peu importe.

— Je pourrai ainsi vous aiguiller, ajouté-je. Il est important que je ne vous emmène pas toute la semaine dans des endroits que vous risquez de détester, quoique mon but consiste à bousculer un peu vos habitudes. Et interdiction de me rendre une feuille blanche !

Mon grand blond n'a pas l'air ravi, mais il ne conteste pas pour autant. Je donne le signal du départ et me lève en m'époussetant. Ninja a laissé quelques traces sur ma jupe en suédine.

— À l'évidence, c'était un moment constructif pour vous aussi, Ania.

Je croise les prunelles de Jacob qui brillent d'amusement, bloque sur son sourire horripilant *ultra brite.* De justesse, je me retiens de lui casser une dent. C'est interdit dans le règlement de l'agence.

— Pour votre gouverne, j'apprécie les chats, même si c'est avec modération.

Il secoue la tête, son large sourire toujours placardé sur son beau et agaçant visage. En cet instant, je jure intérieurement de tout faire pour honorer la demande du commanditaire. Ces deux premiers jours, j'ai dû prendre des pincettes avec Jacob pour lui exposer le but de ma présence. Il est dorénavant temps d'accélérer la cadence, car j'ai du pain sur la planche.

Son frère a précisé que Noël était une période primordiale dans leur famille. Je vais donc le plonger dans l'ambiance dès demain pour déterminer s'il y est encore sensible, ou s'il est devenu réfractaire à cela aussi. Et puis, l'acquisition d'un cadeau sur un marché festif peut en dire long sur celui qui sort son porte-monnaie. J'ai dans l'idée de lui faire sélectionner un présent pour une personne de son entourage. Je veux voir à qui il accorde le plus d'importance, qui est sa véritable famille, et qui est donc susceptible de passer avant sa future compagne. Tout comme j'ai besoin d'observer sa sensibilité, comment il motive son choix et, ainsi, quel type de femme pourrait lui correspondre.

Pour l'heure, j'ai bien mérité un peu de repos. À chaque jour suffit sa peine, je prie pour que la mienne ne soit pas de me chamailler quotidiennement avec mon client.

Une fois à mon hôtel, j'essaie en vain de joindre l'agence. Je tombe une fois de plus sur le répondeur, en raison des congés annuels. Aucun autre numéro que celui inscrit sur mes documents n'est fourni en cas d'urgence. Depuis ma malencontreuse chute, samedi dernier, je ne peux leur transmettre mes nouvelles coordonnées. Cela dit, ils ont mon mail professionnel en cas de besoin. Ma mère aussi, à n'en pas douter. Enfin, j'imagine.

L'angoisse commence à me comprimer la poitrine. Je ne comprends pas pourquoi certains pans de ma vie privée restent obscurs. Le fait que ma mémoire soit sélective cache-t-il un malaise plus profond ?

Perdue, je reste là à fixer les particules de poussière en suspension dans le rayon de soleil qui passe par la fenêtre. Une porte claque quelque part dans le couloir, quelqu'un tire de l'eau dans la chambre d'à côté. Une chanson passe à la radio, la même que j'entendais dans le téléphone, la fois où l'on s'est disputées, ma mère et moi. J'entends sa voix me sermonner : « Mais, ma chérie, tu adores ce que tu fais ! Ce travail, c'est ton moteur. Tu ne peux pas tout plaquer en espérant que ça fasse disparaître ce qui te dérange. Ignorer l'agence, c'est t'ignorer toi-même. Tu refuses d'admettre que… »

Que quoi ? Mes tempes cuisent sous l'afflux de ce souvenir et je sens poindre des larmes de rage quand le reste m'échappe dans un brouillard. Je passe à la salle de bains, me passe frénétiquement de l'eau froide sur le visage.

Mon agence est réputée pour avoir des règles très strictes en matière de recrutement. Si j'ai envisagé de quitter ma place, c'est que quelque chose a dû se passer. Ou alors, je frôle le surmenage à force d'enchaîner les contrats. Cela arrive si souvent de nos jours… Oui, voilà, je suis fatiguée. Pas dérangée d'esprit, juste temporairement désorientée. Cette mission est la dernière de l'année. Ensuite, plutôt qu'une seule, je prendrai plusieurs semaines de vacances pour faire le point.

Face à moi, mon reflet dans le miroir me confirme qu'il s'agit de la meilleure chose à faire. Entre mes pupilles troubles et mes cheveux en bataille, je fais peur à voir. Et tandis que je me tamponne les joues avec une serviette sèche, l'ultime requête de ma mère résonne en moi : « Ne décide rien sur un coup de tête, Ania ».

4 - PETIT PAPA NOËL

Il est 16 heures lorsque je retrouve mon client place Darcy. Sans préambule, il me tend une feuille vierge de couleur rouge et précise, devant ma mine circonspecte :

— Vous aviez dit « pas de feuille blanche ». Par conséquent, j'en ai choisi une sur le thème de Noël.

Clin d'œil satanique de sa part. Je me suis trompée. Il n'est pas plus apprivoisé qu'au premier jour.

— Je vois, vous êtes récalcitrant.

— Non, moi, c'est Jacob, pour vous servir.

Révérence ironique.

— Récalcitrant n'est que mon deuxième prénom.

Fier de lui, Monsieur-le-farceur-pas-drôle-du-tout continue son numéro et me fait la remarque que j'ai un peu trop de talons pour écumer les marchés de Noël ; qu'il ne fallait pas que je me donne cette peine puisque, de toute façon, il est bien plus grand que moi (tiens, c'est étonnant, je n'avais pas encore remarqué son petit air supérieur).

D'un calme olympien, je lui assure avoir l'expérience nécessaire. Je ne vais pas m'abaisser à lui expliquer qu'une demi-portion telle que moi peut vite s'égarer dans la foule. Compressée contre les gens, je ne vois que leur dos ou le bas de leur nuque. Impossible de chercher par-dessus les têtes si je perds quelqu'un de vue, ni même une issue.

En plus, je les adore, ces bottines. C'est tellement difficile d'en trouver des stylées en pointure 36 ! Bon, j'avoue avoir craqué un jour pour une paire de baskets *Reine des Neiges*, à paillettes, mais c'était dans un moment d'égarement, cela ne se reproduira pas. Je les porte juste pour le fun quand je sors avec les copines.

— J'ai quand même fait mes devoirs, madame la coach.

La caricature de top model en blouson d'aviateur sort de sa poche deux bonnets de Noël en polyester, dont un qu'il me tend.

— Les fêtes de fin d'année m'évoquent ceci.

Je baisse les yeux sur le tissu rouge bordé de fausse fourrure blanche. De petites étoiles de plastique en parsèment le tour, et un discret bouton est inséré dans l'ourlet. D'accord. Il pousse le truc jusqu'au bout. *Pas de souci, mon coco, je n'ai pas peur de parcourir les rues avec la tête qui clignote.*

Par mimétisme, mon client enfile son propre couvre-chef, accentuant ma perplexité. N'importe qui serait ridicule avec ce bonnet fiché sur la tête, mais pas lui. Il est adorable. Non. Adorable, c'est pour les enfants. Il est craquant. Vraiment craquant. La faute à ses yeux bleus qui se paillettent d'or sous les lumières de la ville. C'est réellement de la triche de naître avec des iris d'une telle couleur.

Sans perdre de temps, nous emboîtons le pas aux autres promeneurs qui slaloment entre les chalets de bois : un condensé de badauds emmitouflés, noyés dans les odeurs de marrons chauds, de pain d'épices et de churros. Une épidémie de bonnets sévit dans les allées bordées par les artisans locaux, Jacob et moi faisant partie des plus atteints, avec nos lumières rouges sur le front. Au moins, je ne risque pas de le perdre.

Tiens, d'ailleurs, il y en a une qui est fascinée par les étoiles lumineuses de mon compagnon de promenade. Enfin, par ce qu'il y a en dessous. Campée derrière son stand, la brune l'interpelle d'une voix mielleuse. M'ignorant royalement, elle lui tend un assortiment de chocolats, tous plus alléchants les uns que les autres. Jacob en prend un, avant de se tourner vers moi, une interrogation dans le regard.

— Je ne mange pas de chocolat.

La phrase est sortie toute seule, simultanément avec une brûlure au poignet. Celui qui porte mon intrigant bracelet. Je ne sais pas pourquoi, mais je sens que le cacao n'est pas bon pour moi.

— Vous êtes au régime ? se moque mon client.

— Non, juste allergique.

En tout cas, je le crois. Dans le doute, je préfère éviter de me donner en spectacle en plein milieu de la foule, le troisième jour de ma mission. Je n'ai aucune envie de gonfler comme un ballon de baudruche. À deux pas de moi, la vendeuse affiche une moue dédaigneuse. Lui a des soucoupes à la place des yeux. Alors, quoi ? Si j'avais dit que je ne pouvais pas ingurgiter de gluten ou de lait de vache, tous deux n'auraient pas relevé, mais du chocolat… Ce n'est pas assez ordinaire ?

— Dans ce cas, vous avez droit à une seconde gourmandise ! clame l'admiratrice de Jacob. Tenez ! Gingembre et chocolat noir, c'est très aphrodisiaque.

Sans aucun doute, elle serait prête à lui offrir un cadeau de la maison. Un privé, qui se consomme en tenue d'Ève et d'Adam. Oserais-je dire qu'elle est niaise ? Ce ne serait pas charitable, et surtout malhonnête de ma part. À mon grand désespoir, je suis moi aussi sensible au mystérieux charme de ce beau blond. Indéniablement, il fait des ravages sur son passage, et nous, pauvres femmes, ne pouvons lutter contre cette attraction animale. Au demeurant, ce grand benêt ne semble même pas remarquer qu'elle le dévore des yeux. Je l'attire à part.

— Jacob, susurré-je, un bel environnement encourage de belles émotions. Une première rencontre au marché de Noël, c'est très romantique.

Je pose une main sur son bras afin qu'il ne s'échappe pas.

— Fréquenter quelqu'un qui a les mêmes valeurs que soi est indispensable pour qu'une relation fonctionne. Or, cette jeune femme travaille dans le commerce : elle peut comprendre vos amplitudes horaires de gérant d'agence immobilière. En plus, gourmande, elle aussi, elle est toute désignée pour ravir vos papilles. Je ne suis pas là pour casser vos coups, alors foncez ! Vous n'avez qu'à lui dire que je suis votre cousine.

Il me regarde comme si j'étais cinglée.

— Je suis un grand garçon, je sais me débrouiller. D'autre part, je vous signale qu'elle n'est pas correcte avec vous. Je n'aime pas les femmes avec un tel comportement.

Ah. Il n'est pas si aveugle en fin de compte. Et pour être honnête, cela me fait chaud au cœur qu'il se soucie de la manière dont on me traite.

Nous finissons par nous éloigner du stand avec un sourire poli et marchons quelques instants en silence. La nuit commence déjà à tomber, englobant la place du marché d'un manteau de douceur, quand Jacob se met à rire doucement.

— Je n'aurais jamais pensé qu'une petite voix me soufflerait de quelle manière mener ma vie amoureuse. Vous êtes certaine que votre nom n'est pas Jiminy Cricket ?

— Vous aimez beaucoup cette référence, dites donc ! Je dois cependant vous prévenir que, même si *Pinocchio* est votre dessin animé préféré, je ne vais pas pour autant m'affubler d'un chapon melon et d'un parapluie.

— Je pensais plutôt à des bottes de cuir.

— Vous vous trompez de film, là.

Je stoppe soudain devant un étalage d'automates fabriqués à la main, fascinée par les détails taillés dans le bois.

Admiratif, lui aussi, Jacob me désigne un renne au nez rouge qui tourne la tête de gauche à droite, un sucre d'orge dans la gueule. Derrière lui, huit autres rennes attendent, harnachés à un traîneau rempli de cadeaux. Je ne peux m'empêcher de souligner qu'il s'agit là d'une idée reçue à la suite d'un bouche-à-oreille erroné. Rudolph a un museau tout à fait normal ; il guide l'attelage grâce à sa lanterne fixée autour du cou. Le nez rouge est bon pour les clowns, alors que lui est très sérieux. Ce n'est pas pour rien qu'il se trouve en tête de l'équipage.

Le marchand de figurines animées, qui m'a entendue, indique que je devrais écrire des contes pour enfants, avec l'imagination débordante que j'ai. Sur le moment, je ne saisis pas la blague, contrairement à mon compagnon qui échange un regard amusé avec lui.

Puis, tout naturellement, nous reprenons notre déambulation. La nuit s'est définitivement installée, chassant le vent, à mon grand bonheur. Tout serait parfait s'il n'y avait ces haut-parleurs qui ne cessent de diffuser *All I Want For Christmas Is You*, un véritable supplice pour mes tympans. Mes oreilles ne vont pas tarder à saigner à force de l'entendre.

Je prends mon compagnon à partie :

— C'est dommage pour Mariah Carey, mais je n'en peux plus de cette mélodie ! Chaque année, elle passe en boucle et sature les ondes radio. Il en existe d'autres pourtant : Sia a sorti un album entier sur le thème de Noël.

Indifférent, il se contente de hausser les épaules. Je tente alors la provocation :

— Vous, par exemple, vous être très classique. Je suis sûre que vous préférez le traditionnel Tino Rossi.

— Concernant *Petit Papa Noël*, j'écoute la version des Sales Majestés, même si le titre commence à dater.

Jacob devine à mon expression que je ne connais pas et lève les yeux au ciel. M'emmenant à l'écart de la foule, il sort son smartphone, cherche sur YouTube, puis me tend ses écouteurs avec autorité. Forcée de me rapprocher, j'ignore délibérément le trouble qui s'empare de moi de me trouver si proche de lui, pour me concentrer sur la musique. Un son rock, une voix entraînante, des paroles pleines de sens.

« Les hommes n'ont pas été sages, ça a été un vrai carnage. » Je lève les yeux vers mon client qui épie ma réaction, j'ai comme l'impression de passer un test. « Pour les grands, sois sans pitié, surtout ne fais pas de quartiers, ils ne l'ont pas mérité. » Je suis sciée. Le sage Jacob, bien sous tous rapports, est en réalité un doux rebelle. Mauvaise nouvelle, du coup, il est encore plus séduisant. « On vit dans un monde de fous. »

La chanson se termine, je pianote sur son téléphone à mon tour pour lui faire écouter le mythique *Carol of the Bells* repris par le groupe Pentatonix. Il semble adhérer et m'adresse son premier vrai sourire depuis notre rencontre. Un authentique. Un spontané, qui prend racine dans le cœur. Pas la mimique polie, mais celle qui signifie : « OK, je veux bien partager ça avec vous. »

Et c'est là que débarque une grande blonde dans un nuage (que dis-je, un ouragan) de capiteux parfum.

— Jacob ! Je savais que je te croiserais ici !

Tiens donc, monsieur fait le difficile avec moi alors qu'il a l'habitude de venir flâner sur le marché de Noël… Il ne perd rien pour attendre.

— Nat'. Comment vas-tu ?

Il l'embrasse sur la joue. Un diminutif et un baiser plutôt qu'une bise de convenance, il s'agit donc d'une amie intime.

— Tu me présentes, mon chou ?

— Voici Ania, une… connaissance, répond-il, laconique.

— Je ne crois pas l'avoir rencontrée lorsque nous étions ensemble…

La nénette tirée à quatre épingles attrape mon client par le bras, signalant par là clairement qu'il lui a appartenu. Son sourire factice à mon égard est éloquent : bien qu'ils aient rompu, elle ne serait pas contre remettre le couvert.

Tout doux, ma grande ! Je ne marche pas sur tes plates-bandes.

— Nous nous sommes vus par hasard et… on se promène.

Il me fait pitié à patauger de la sorte. Dans un élan de générosité, je décide de lui sauver la mise :

— Je suis une amie de Jérémy, de passage en Bourgogne pour quelques jours.

La pimbêche qui cocotte émet un petit rire de gorge digne d'une hyène.

— Jacob, tu es incorrigible ! claironne-t-elle en jouant avec ses cheveux. Toujours à vouloir rendre service.

Elle se penche vers moi avec exagération, tel qu'on le ferait avec un gosse. Je retiens une grimace. Vue de près, la gravure de mode n'en est plus une ; la couche de son fond de teint ressort comme une écœurante seconde peau.

— Faites attention à ce qu'il ne pousse pas la visite guidée trop loin, vous pourriez ne plus vous en passer.

Puis, se tournant de nouveau vers Jacob, elle glousse :

— Ne perds pas la mini-copine de ton frère, ce serait difficile de la retrouver dans une cohue pareille.

Ouche ! Un jet d'acide qui me renvoie dans la cour du collège, des surnoms pourris aux méchantes réflexions. « On peut manger sur ta tête », « modèle de poche », « mini-pouce », « l'échantillon », « rase-moquette », « Lilliputienne » et j'en passe. L'école n'a pas été une partie de plaisir, d'autant que j'appartenais à la catégorie des premiers de la classe.

J'ai eu beau me contorsionner, je ne suis jamais rentrée dans les cases. Et puis, au fil du temps, j'ai appris à m'aimer un tant soit peu. À présent, je trouve plein d'avantages à ma petite taille. (Si, un jour, on me séquestre, par exemple, je pourrai m'échapper par les conduits d'aération, laissant en plan les grandes gigues comme la Nathalie.) Mon credo est d'éviter les gens malsains et de me focaliser sur ce qui importe vraiment.

Un autre couinement de cette très chère « Nat' » me sort de ma rêverie. Je ne lui ferai pas le plaisir de l'exterminer sous mes talons vengeurs, je feins de ne pas l'avoir entendue. Jacob semble m'en être reconnaissant et écourte l'entrevue, comme tout homme sensé redoutant un affrontement entre femmes.

La blonde agite une main désinvolte, avec un sourire onctueux.

— Au revoir, Alia !

Ou comment écorcher subtilement le prénom de celle que vous avez décidé de détester. J'affiche un sourire de circonstance sans prendre la peine de répondre. Il ne faut pas trop m'en demander non plus. Penaud, Jacob s'excuse, une fois son ex hors de vue.

— Aucun problème. Je comprends qu'elle soit déçue de ne pas avoir ma chance.

Il m'adresse un regard en coin, un brin charmeur tout à coup.

— Je suis flatté que ma compagnie vous plaise.

— Oh, non, je ne parlais pas de vous, répliqué-je. Vu le prix de l'immobilier, être petite est un atout : la surface au sol d'un T1 me suffit, et je n'ai pas besoin de lit *king size* pour dormir à l'aise. Je fais de sacrées économies. Quant aux vêtements, je paie moins de tissu et je me suis mise à la couture pour faire les ourlets moi-même. J'ai gagné en autonomie.

Quand mon compagnon éclate d'un rire profond, j'en suis malgré moi toute chamboulée. Est-ce que le proverbe « homme qui rit, à moitié dans ton lit » fonctionne aussi ?

Je secoue la tête par réflexe. Entre son visage d'ange et le lit qui vient de se matérialiser dans mon esprit, mes sens s'échauffent un peu trop.

5 - RESTER DE GLACE

Tandis que j'arpente les allées du marché de Noël au côté de mon client, je prends conscience du temps qui passe et décide de reprendre le contrôle de la situation.

— Alors comme ça, selon votre ancienne compagne, vous venez ici chaque année ? Vous cachez bien votre jeu.

— Ma grand-mère adore cette période, me lance Jacob. C'est pourquoi je prends des congés pour passer le réveillon avec elle. Je reste toutefois lucide sur cette fête : ce n'est qu'une excuse de plus pour acheter à outrance. Dès le mois de novembre, on nous bombarde de promotions ponctuées d'arbres morts et de décorations polluantes arrosées de fausse joie. Tous s'agglutinent dans les magasins en une course aux cadeaux futiles pour une parodie d'esprit de famille. Comme si l'on avait besoin d'attendre la fin de l'année pour apprécier ceux que l'on aime !

— Ne mélangez pas tout ! Ce n'est pas Noël, mais ce que certains en font. Dresser une belle table pour servir des plats qui embaument, admirer les lumières féériques et faire plaisir à ses proches… C'est de ça que l'on doit profiter. Tout le monde ne perd pas son libre arbitre au profit de la sainte consommation ! Et ne parlons pas de la polémique sur la présence de crèches dans les lieux publics ou sur le nom que l'on donne aux vacances scolaires !

Je lui désigne la file d'attente devant la maison du père Noël, installée pour l'occasion.

— Regardez les enfants qui se pressent pour monter sur les genoux du vieux barbu. Il y en a de tous les âges, de tous les milieux sociaux et de toutes les couleurs de peau. Eux ne se posent pas de questions sur la frontière entre leur culture et celle des autres. En toute innocence, ils se laissent porter par la joie et l'excitation du moment. La tradition de Noël repose avant tout sur des valeurs essentielles : le pouvoir de l'amour, l'aide de son prochain. Des bonheurs à portée de main. Vous devez distinguer le charme derrière les étals.

— On dirait ma grand-mère.

— Et moi qui croyais ne pas avoir encore de cheveux blancs.

— Elle a tendance à s'emballer comme vous sur le sujet.

— Que voulez-vous ? J'aime beaucoup les fêtes de fin d'année.

— C'est indéniable.

Le ton de sa voix est neutre, son regard énigmatique. Je n'arrive pas à déterminer si c'est une bonne ou une mauvaise chose selon lui.

— Bon, nous ne sommes pas venus ici pour rien. Et si vous trouviez un cadeau pour une personne qui vous est chère ? N'importe qui dans votre cercle intime.

J'embrasse la place d'un geste.

— Vous avez carte blanche.

Un sourire taquin étire les lèvres sensuelles de mon client.

— Facile. Chaque année, j'offre à ma grand-mère une décoration à suspendre. Elle a pour habitude de la placer dans le sapin, après le repas du réveillon, entre le dessert et les cadeaux.

D'un pas décidé, il me mène jusqu'à un marchand entouré d'objets hétéroclites estampillés « Pièces uniques artisanales ». Quelques minutes suffisent pour qu'il jette son dévolu sur une jolie boule de verre soufflé. Pas tout à fait ronde, avec des motifs de dentelle argentée peints à la main, elle accroche la lumière en oscillant au bout d'un ruban de satin blanc.

— Elle est sublime, murmuré-je, émerveillée.

Satisfait, Jacob fait signe au vendeur de l'emballer et procède au règlement en attendant son précieux paquet.

— Et vous, Ania ? Qu'avez-vous commandé au père Noël ?

Je ris.

— Vous savez qu'il ne passe que pour les enfants ! Et puis, je n'ai besoin de rien, ma vie me convient pleinement.

À peine ai-je achevé ma phrase qu'un petit rouquin fonçant tête baissée me percute. Il s'excuse aussitôt d'une mine contrite, je lui assure qu'il n'y a pas de mal. Il est trop mignon avec ses grands yeux noisette et ses bouclettes. Le petit garçon poursuit alors son chemin sous les remontrances de son père.

Encore quelques années et mes ovaires seront assez desséchés pour servir de filtres à café. Ma propre voix retentit dans mon esprit. Je m'arrête net, assaillie par de douloureux flashs. L'envie de construire quelque chose, d'avoir mes propres bambins. L'impossibilité de mettre mon projet à exécution. Une peur dévorante qui me freine et me frustre à la fois. Et une sentence de ma mère : « Ania, tu dois apprendre à faire confiance. Tu as tellement d'amour à distribuer, c'est du gâchis. »

Une colonie de fourmis part à l'assaut de mon échine, j'ai la gorge sèche tout à coup. Je voudrais me débarrasser de cette sensation d'avoir une horrible tare dissimulée en moi. Qu'est-ce qui pourrait être si terrible au point de m'empêcher d'avoir des enfants ? Quelle faute inavouable voudrais-je fuir ? Est-ce lié à mon travail que j'envisageais de quitter avant mon coup sur la tête ? Ai-je détourné de l'argent ? Tué quelqu'un accidentellement ? *Stop ! Arrête ton délire, tu vas beaucoup trop loin !*

— Vous tentez de vous transformer en statue de glace ?

Je me compose un sourire de façade tout en repoussant mes états d'âme dans le coin le plus reculé de mon cerveau.

— Si l'on terminait notre balade par l'exposition de sapins ? proposé-je tout à trac. J'adore l'odeur de résine des conifères.

Jacob fronce les sourcils, étonné de cette soudaine bizarrerie de ma part, avant de hocher la tête d'un air résigné.

— Ania, regardez ! m'interpelle mon compagnon, posté devant un sapin de Nordmann en pot. Celui-là est plus grand que vous.

— Ce n'est pas bien difficile, sifflé-je entre mes dents.

J'ai froid, mes pieds me font souffrir et mon sarcastique acolyte doit certainement être dans le même cas, sans oser l'avouer. Je lui indique donc que mon temps est écoulé pour aujourd'hui et que je lui laisse quartier libre. Je lui enverrai par SMS notre point de rendez-vous du lendemain.

En parfait gentleman, il m'accompagne vers la sortie de la forêt de sapins lorsqu'il trébuche sur un réseau de fils électriques qui serpentent au sol. Je le retiens par le coude pour lui éviter la chute, non sans m'esclaffer.

— Je suis peut-être plus proche du sol que vous, mais l'avantage est que j'en repère les aspérités !

Amusé, Jacob admet que c'est de bonne guerre. Le voyant en bonne disposition (au moins, il sait rire de lui et n'a pas un ego surdimensionné), je ne peux m'empêcher d'en rajouter. Ma main descend le long de son bras pour s'emparer de la sienne puis, avec un air précautionneux, je le tire à ma suite :

— Allez ! Venez, colosse aux pieds d'argile. Je vais vous guider. Là, attention, on lève bien haut la jambe…

Je joins le geste à la parole. J'ai l'air ridicule, mais pas autant que lui avec son expression ahurie, ce qui me fait rire de plus belle. Si l'on m'avait dit qu'un jour, je me moquerais d'un client !

Jacob se montre soudain très sérieux.

— Cette première sortie avec vous n'était pas si atroce. Laissez-moi vous offrir quelque chose à boire pour me faire pardonner ma froideur de ces derniers jours… et le comportement de Nathalie tout à l'heure. Après deux ans passés ensemble, c'est elle qui est partie il y a trois mois, mais…

— Vous n'avez pas à vous justifier, le coupé-je. Si je souhaitais la rabrouer, je l'aurais fait. Sauf que je suis votre coach pour deux semaines seulement ; vous mettre dans l'embarras vis-à-vis d'une personne qui fait partie de votre vie n'aurait pas été approprié.

Il semble se retenir d'ajouter quelque chose et attend ma réponse.

— Je ne suis pas contre un bon thé aux épices de Noël avec une nonnette. Je suis devenue accro à votre gâteau local.

Sûr de lui, mon client m'assure qu'il connaît l'endroit parfait pour moi. Mon cœur fait un bond dans ma poitrine. Avec son sourire exquis et son élégance toute masculine,

Jacob me déroute. Si je ne reste pas sur mes gardes, je risque de devenir dépendante à autre chose dans cette ville.

Nos pas nous mènent jusqu'à un hôtel, à deux pas de la porte Guillaume, le célèbre Arc de Triomphe dijonnais. L'établissement comporte un restaurant au rez-de-chaussée mais, contre toute attente, mon compagnon n'y entre pas et prend la direction de la réception.

J'ôte mon bonnet de Noël, jette un regard à la dérobée au miroir du hall. Les yeux rougis par le froid, les cheveux électriques à cause du tissu synthétique, je ne suis pas à mon avantage. Contrairement à mon accompagnateur qui, lui, arbore une chevelure impeccable. La vie est parfois injuste.

L'homme derrière le comptoir salue Jacob telle une connaissance de longue date. À sa demande, il accepte de mettre de côté le sac cadeau qui contient la décoration de sa grand-mère. Les deux mains libres, le grand blond m'explique alors que, durant les fêtes de fin d'année, l'hôtel a pour tradition d'ouvrir une brasserie éphémère de Noël, dans une de ses salles de séminaire. Événement qui remporte un vif succès, la vue étant très belle au cinquième étage.

Avant qu'il n'appuie sur le bouton d'appel de l'ascenseur, je l'arrête : j'ai toujours préféré prendre les escaliers. Comme il ne bronche pas, je commence à grimper, pleine d'entrain. Je dois cependant avouer que mes petites jambes sont fatiguées d'avoir parcouru des kilomètres de pavé cet après-midi. Jacob, quant à lui, fait le malin en avalant les marches deux par deux, et je me promets de prendre l'ascenseur pour le retour.

Promesse redoublée lorsque nous nous retrouvons dans l'obscurité, coincés entre deux paliers. Saleté de minuterie !

— Il fait noir comme dans un conduit de cheminée.

— Parce que vous avez l'habitude d'en explorer ? ricane Jacob.

— Non, ça, c'est le travail du père Noël. Quand vous aurez mis votre ironie de côté, pourriez-vous allumer la lampe-torche de votre portable ? Le mien n'a plus de batterie.

Il obtempère, et nous finissons par atteindre le dernier niveau, où je retiens de justesse une exclamation de surprise. La salle est magnifique et la vue époustouflante.

Ravie de me réchauffer dans un endroit aussi sympathique, je passe un agréable moment à mieux connaître mon client. Ce dernier accepte de me parler de son travail d'agent immobilier. J'apprends ainsi qu'à Noël, il laisse la boutique à ses deux collaborateurs et que le reste de l'année, il aime louer la beauté de sa ville natale à sa clientèle (ville dont le centre historique est classé au patrimoine mondial de l'UNESCO). Ce n'est pas juste un commercial.

Au premier abord, Jacob est raccord avec la réputation erronée des Dijonnais : froid et un brin bourgeois. Néanmoins, si l'on gratte la surface, il se révèle plein de surprises.

J'évoque à mon tour mon activité. Le fait que j'aime changer de ville pour mes missions, découvrir les traditions locales... Devant mon enthousiasme de bourlingueuse, je le sens toutefois fermé, presque dédaigneux. Son côté chauvin semble très marqué, j'espère qu'il n'est pas trop casanier à son âge. En tout cas, il s'agit d'un autre élément important à ajouter dans sa grille d'évaluation (et à prendre en compte pour définir son profil féminin idéal). Moi qui commençais à le croire parfait, me voilà rassurée.

Lorsque Jacob regarde distraitement sa montre, je me rends compte que nous avons dépassé les deux heures prévues pour aujourd'hui. Il est 19 h 30, c'est le moment de rentrer.

Les ascenseurs me paraissent souvent exigus, et aujourd'hui plus encore. Nous ne sommes pourtant que cinq dans la cabine, où un vague malaise commence à m'envahir. Un homme en sueur se tient trop près de moi. Je n'aime ni son regard ni son souffle sur mon visage. Il me dit que je sens bon et me demande le nom de mon parfum. Je sais que je dois rester distante sans paraître trop froide, et surtout, rester polie, sous peine d'être mal vue. Après tout, ce n'est qu'une question, et pas si intime que cela.

Sous le regard attentif de Jacob, je réponds d'un ton bref qu'il s'agit de *Joy,* de la maison Dior. Je sens mon client sur ses gardes, lui aussi. Le type sent le vin chaud à plein nez, les deux autres occupants de l'ascenseur évitent soigneusement de le regarder.

Mine de rien, le mec se rapproche de moi et, pour l'avoir déjà vécu, je me crispe par anticipation. Je sais que, dans un instant, il va me toucher comme s'il ne l'avait pas fait exprès. Je vais donc l'envoyer bouler parce que je ne suis pas un objet dont on peut disposer.

Ressentant ma tension, Jacob se place de manière stratégique entre lui et moi. Gênée de devoir être sauvée, je lui adresse un bref sourire de remerciement. Je déteste me sentir en position de faiblesse. Le parfait cliché de la demoiselle en détresse.

Le type finit par sortir. Un groupe monte à sa place et nous nous retrouvons serrés comme des sardines. Une secousse me fait perdre l'équilibre juste avant le deuxième niveau. Par réflexe, je me raccroche à la première chose que ma main rencontre : le blouson aviateur de mon camarade. Bien campé sur ses pieds, il me stabilise en attrapant mes hanches. Par réflexe, lui aussi.

Je ne proteste pas, ce serait dommage de m'étaler par terre, mais je me garde bien de le regarder. Je ne suis pas certaine que la nuance coquelicot m'aille au teint.

— C'est fou comme les ascenseurs sont surchauffés, lâche Jacob d'une voix étouffée.

Ah, tiens, il trouve, lui aussi ?

Les portes s'ouvrent. Une personne sort, aussitôt remplacée par une dame en fauteuil roulant qui entre avec des mots d'excuse. Mon acolyte se retrouve poussé vers moi, me plaquant contre la paroi. Ses bras, trop grands pour rester pliés bizarrement sur mes hanches, viennent naturellement s'enrouler autour de ma taille. Dans la manœuvre, il me chuchote un « désolé » qui vient mourir dans mes cheveux.

Le nez tout près de son cou, je me raidis lorsque son viril parfum se fraie un passage le long de mes narines. Moi qui déteste qu'on envahisse mon espace vital, je demeure troublée par cette proximité, à la fois si dérangeante et si agréable.

Je me mords la lèvre de nervosité, prie pour que la situation ne s'éternise pas, et là, mon corps se met à dérailler. Un désir sournois commence à ramper sous mon épiderme.

Pas de panique. Tout ce que j'ai à faire est de penser à autre chose. *Allez, Ania, un truc pénible, que tu n'aimes pas du tout*. Les mathématiques, apprendre par cœur…

— Je n'ai jamais su mes tables de multiplication.

— Vous m'en voyez navré.

Je vire de coquelicot à écrevisse ébouillantée sous le ton moqueur. L'avantage (ou l'inconvénient ?) de penser tout haut est que mon client va me prendre pour une foldingue plutôt que pour une nymphomane.

Enfin, la voix mécanique de l'ascenseur annonce le rez-de-chaussée, suivie du ding caractéristique d'ouverture des portes. Soulagée, je m'écarte dès que l'occasion se présente… Ou pas.

— Aïe !

— Cessez de gigoter, Ania, vous ne faites qu'empirer les choses !

Les cheveux coincés dans la fermeture à glissière du blouson de Jacob, j'ai désormais le choix : mourir de honte dans l'instant, ou me fondre dans la foule et mourir de honte plus tard. Les joues plus brûlantes que jamais, je sors en trombe de cette diabolique cage métallique. Ce sera la seconde option.

Séance tenante, je remercie mon perturbant client pour son invitation dans ce bar atypique et m'esquive aussi vite que possible.

6 - L'ANTRE DU LUTIN

D'un pas alerte, je remonte le trottoir en direction du croisement avec la rue d'Auxonne, point de rendez-vous que j'ai transmis à mon client. Pouvoir y aller à pied de mon hôtel me permet de m'éclaircir les idées, restées focalisées sur ma sortie d'hier.

À n'en pas douter, Jacob ne laisse pas indifférente la gent féminine, moi la première. Malgré tout, il n'en profite pas. Il est même plutôt pince-sans-rire, au début. La bonne nouvelle, c'est qu'il n'est pas réfractaire à l'ambiance festive de Noël ni à l'amour. La quête d'un cadeau pour sa grand-mère témoigne de toute l'affection qu'il lui porte. J'ai là une très bonne base pour travailler.

Pour autant, il ne faut pas vendre le sapin avant de l'avoir coupé. Je sens qu'il est encore réticent à se livrer sur certains aspects de sa vie. Il va donc falloir que je le pousse à lâcher prise un peu plus.

Une bourrasque me cingle le visage. Agacée de manger mes mèches, j'attrape mes cheveux, espérant ne pas arriver trop ébouriffée devant mon camarade du jour. J'avise alors une voiture aux vitres fumées, m'en approche, et inspecte mon reflet. J'en profite pour ajouter une touche de rouge à lèvres. Quand la vitre s'abaisse, je sursaute, manquant de m'en mettre sur la joue. La honte. Je bloque sur deux yeux insolents, descends vers le sourire victorieux et ne peux m'empêcher de froncer les sourcils de mécontentement. Si seulement je pouvais remonter le temps !

— Comme je suis déçu, chante une voix que je ne connais que trop bien. Moi qui croyais que votre beauté était naturelle.

Si j'étais encore adolescente, je retiendrais qu'il me trouve belle.

— Que voulez-vous, je me fais un devoir d'être présentable pour mes clients. Et il faut dire que vous avez mis la barre haute.

Goguenard, Jacob sort de sa voiture en portant une main à son cœur.

— Ah, Ania ! Attendez que mon rythme cardiaque se calme. Vous me chamboulez trop.

— Si j'avais le temps, je vous plaindrais, maugréé-je.

L'autre nigaud continue, ignorant mon ton d'avertissement :

— Mon frère envisage peut-être que nous finissions ensemble ? Je me demande si nous ne devrions pas franchir le pas au plus vite, puisque le destin nous pousse l'un vers l'autre…

Je dois avouer qu'il est culotté. Il est là, avec son visage de play-boy, à flirter par jeu au détriment de ma conscience professionnelle, dans le but de me faire sortir de mes gonds. Je le fusille du regard, un début de colère grandit en moi. J'ai l'impression d'être à fleur de peau depuis que ma mémoire me joue des tours. Pourtant, ce n'est pas mon genre de réagir à la provocation. Non pas que je prenne les choses à la légère, seulement, en général, je préfère me montrer nonchalante. (On a d'ailleurs tendance à me traiter d'idéaliste un peu trop optimiste.) En revanche, je n'aime pas que l'on me prenne pour une idiote. S'il croit que toutes les femmes se laissent déstabiliser aussi facilement, ce séducteur de bas étage mérite une leçon.

J'empoigne le col de son blouson, le tire à moi de façon à le forcer à baisser la tête, puis plaque mes lèvres contre les siennes. Juste le temps de savourer leur chaleur et cette petite pointe d'électricité qui jaillit de je ne sais où. Je le lâche ensuite aussi vite que je l'ai attrapé.

— Voilà, vous avez réalisé votre fantasme. Dorénavant, on suit mon programme, pas celui qui vous ferait plaisir.

Fière de ma petite démonstration, je me détourne avant de l'inviter à me suivre. Le silence derrière moi me prouve que je lui ai cloué le bec. Un point pour moi. Je souris, triomphante, quand Jacob me fait pivoter sans crier gare et m'embrasse de manière bien plus entreprenante tout en m'étreignant contre son torse. Sa grande main perdue sur ma nuque, une autre au creux de mes reins, j'oublie les passants. J'ai chaud malgré l'hiver, ma peau se consume. Y aurait-il du magnétisme entre nous ?

Il me relâche et affiche un air conquérant tandis que je porte la main à ma bouche encore frémissante.

— Personnellement, c'est comme ça que je m'y prends. Vous conviendrez que c'est beaucoup mieux.

J'ai les pommettes qui cuisent. Score explosé pour Jacob : c'était un baiser à faire fondre n'importe quelle nénette. Cela m'apprendra à faire la maligne. En plus, j'ai mal au poignet. Mon bracelet aussi a chauffé pour une obscure raison. Discrètement, je déplace mon bijou et constate avec perplexité une trace rouge sur mon épiderme. Tiens, encore autre chose… Manquait plus qu'une allergie !

Face à moi, pas ébranlé le moins du monde, mon agitateur est en train de pérorer de toute sa hauteur :

— Vous voyez, Ania, Jérémy s'est trompé : je ne suis pas irréprochable avec les femmes. Si vous me tentez, je ne résiste pas. Je peux jouer à ce que vous voulez…

Le regard provocant, il laisse sa phrase en suspens. Classique.

Après une bonne nuit de sommeil, le gaillard s'est rendu compte qu'il a relâché sa vigilance au marché de Noël. Il doit s'en mordre les doigts, ne souhaitant pas que je le cerne trop vite. Stoïque, j'affiche mon sourire le plus innocent.

— Très bien, nous allons jouer.

Et je lui saisis fermement la main avant qu'il n'ait l'occasion de se sauver. Comble du hasard, sur le chemin, nous croisons ses voisins du premier jour. Ceux qui m'ont entendue crier sur le seuil de sa porte que j'étais soi-disant enceinte. Un sourire jusqu'aux oreilles, ils fixent nos doigts entremêlés en se poussant du coude comme deux gamins qui ont déniché un scoop.

— Bonjour, monsieur Gauthier ! Nous sommes contents de voir que vous vous êtes réconcilié avec votre dame.

Je m'empourpre en dégageant ma main de celle de mon compagnon, décidée à éliminer toute confusion.

— Ce n'est pas ce que vous croyez.

Jacob m'adresse alors un sourire ravageur.

— Allons, chérie, maintenant qu'on se promène main dans la main, ce n'est plus un secret. Et puis, tu ne pourras bientôt plus le cacher, tu as déjà commencé à prendre du ventre.

Estomaquée, je me tourne vers lui, le regard noir. Je vais lui arracher les yeux ! Tant pis pour mon salaire, je dirai à mon patron que c'était de la légitime défense. Un horrible outrage.

— C'était une boutade, mon amour, continue l'autre guignol. Ne le prends pas mal, j'aime bien tes nouvelles formes.

Il me tapote l'abdomen comme il le ferait avec une bonne pouliche, avant de me déposer un léger baiser sur le front. Raide comme la justice, je fulmine. Je me vengerai ! Par le grelot des lutins, je lui ferai ravaler son impertinence, dussé-je lui faire gober des kilomètres de Bolduc !

Tandis que le couple s'éloigne, attendri par son odieux manège, Jacob ajoute posément que nous sommes quittes. Je souffle bruyamment par le nez, ferme les yeux, me concentre. Inspire, expire, inspire…

— C'est officiel, vous êtes mon pire client.

— Oui, j'aime exceller dans tous les domaines.

— Celui de la suffisance en tête. Puisque vous êtes un compétiteur, vous devriez apprécier notre activité du jour, rétorqué-je en lui montrant l'enseigne de notre point de chute.

« L'Antre du lutin » est ouvert tous les après-midi, de 13 heures à 19 heures, et fait office de bar à jeux associatif. Non pourvu de licence IV, on y sert une multitude de boissons originales : cela va du café noisette au sirop de canneberge, en passant par du lait aromatisé à la vanille. Des jeux de société sont mis à disposition des clients qui consomment sur place, d'autres sont vendus neufs à ceux qui le souhaitent. Selon la saison, les gérants organisent aussi ponctuellement des soirées privées karaoké, des *escape games* déguisés ou des tournois de jeux de rôle. Il y en a pour tous les goûts et tous les âges, en famille ou entre amis.

Le frère de Jacob a glissé dans les informations le concernant que, petits, ils jouaient beaucoup avec leurs grands-parents et que cela faisait partie de leurs plus beaux souvenirs. Depuis, l'agent immobilier ne prend que rarement le temps de se divertir. Seul son neveu de cinq ans bénéficie de ses faveurs, au terme de nombreuses supplications. Et encore, le bambin appartient à la génération gavée aux écrans : les dessins animés prennent de plus en plus l'ascendant sur la perspective de jouer avec son oncle.

Je veux voir si Jacob est capable de raviver ses souvenirs d'enfance, de reprendre le temps et le plaisir de jouer. Ce sera aussi l'occasion parfaite de découvrir davantage sa personnalité en évaluant sa faculté d'interagir avec des inconnus. Ce genre de lieux rassemble des personnes de tous horizons autour d'une passion commune et offre la possibilité à ceux qui sont seuls de partager des moments de convivialité. C'est d'autant plus important en fin d'année, période propice aux dépressions. On fait le bilan, remarque que l'on vieillit trop vite. On compare notre entourage aux familles parfaites des publicités, on appréhende les futures embûches de la nouvelle année qui s'annonce… La période de Noël peut s'avérer à double tranchant si l'on perd de vue l'essentiel.

À l'occasion des fêtes, la salle de L'Antre du lutin a été décorée, les lumières clignotantes multicolores des guirlandes électriques côtoient des guirlandes de papier crépon faites maison. Dans un coin, un sapin artificiel qui a dû connaître plus de Noëls que moi fait concurrence à la tour de Pise en ployant sous le nombre incalculable de boules et suspensions en tout genre. De grandes tables meublent la vaste salle aux poutres apparentes et murs de pierre sur lesquels trônent de vieilles roues de charrette. Leur aspect rustique détonne aux côtés des grandes affiches de films Marvel et d'étagères couvertes de figurines appelées *Warhammer*. Un décor surprenant pour un novice, mais qui donne envie d'y rester. Tout comme l'accueil chaleureux du charmant barman barbu, aux cheveux longs, accompagné de sa femme toute en rondeurs aux yeux bridés.

J'annonce tout de suite la couleur à Jacob :

— Réjouissez-vous, je ne vais pas vous coller au train cet après-midi. Les jeux de plateau d'aujourd'hui se déroulent en équipe, ils vont donc tirer au sort pour les composer. Ça évite les tricheries tout en favorisant les rencontres.

Je baisse d'un ton et lui glisse d'une voix de velours :

— Des femmes sont venues seules, comme vous. Qui sait, vous pourriez vous faire une amie ?

7 - HO HO HO !

« On peut en savoir plus sur quelqu'un en une heure de jeu qu'en une année de conversation. » Cette citation souvent attribuée à Platon se vérifie avec Jacob. Le pauvre est tombé sur un groupe uniquement masculin, avec une majorité d'adolescents. Pas le plus évident pour une première fois, mais il se débrouille très bien. C'est effectivement un compétiteur, sans tomber dans les défauts du mauvais joueur. Patient avec ses camarades, je le soupçonne de réellement s'amuser.

Quant à moi, j'ai été désignée afin de m'occuper d'un groupe d'enfants présents pour un goûter d'anniversaire. Un traquenard pour certains, un bonheur pour moi.

J'adore les tout-petits et n'imagine pas ma vie sans eux. Cependant, à chaque fois que je me fais cette réflexion, une boule de plomb vient se loger au fond de ma poitrine. Tenace et douloureuse. Ma réminiscence d'hier ne s'est pas plus dévoilée. Je ne comprends toujours pas pourquoi, à mon âge, je ne suis pas en train de construire un foyer solide puisque tel est mon souhait. Au fond, je n'ai peut-être pas encore rencontré la bonne personne ou, comme Jacob, je n'étais pas pressée jusque-là. Drapée dans ma mauvaise foi, je tente d'ignorer la sensation de peur inexplicable liée à ce désir d'enfant. Soit je suis folle, soit je n'ai pas toute ma tête. Mais ce que l'on ignore ne peut pas nous faire de tort, n'est-ce pas ?

Après avoir terminé nos jeux, les enfants me tendent un livre. Une histoire de Noël que je m'applique à conter avec force mimiques et effets de voix. Le brouhaha chaleureux de la salle, les effluves de chocolat chaud, les rires épars, et, surtout, les yeux brillants des enfants face à moi… J'avoue, je passe un excellent moment. Tellement que je n'ai pas vu l'heure passer, oubliant du même coup mon client, jusqu'à ce que je perçoive sa présence dans mon champ de vision. Il m'observe avec une expression indéchiffrable. Depuis combien de temps attend-il là, à m'espionner ?

Je lui fais signe d'approcher, avant de répondre aux questions qui suivent immanquablement une histoire fantastique pour enfants.

— C'est vrai que le père Noël a une liste des enfants sages et des polissons ?

— Mais oui, tout comme il en a une des adultes qui croient ou pas en lui.

De là où il se trouve, mon acolyte m'adresse un clin d'œil complice. Une autre main se lève.

— Madame ! Comment le père Noël il sait si on fait des bêtises ?

Jacob croit bon d'intervenir à ma place :

— Il est magique. Il sait tout et il fait ce qu'il veut. Dans le cas contraire, il ne pourrait pas livrer les cadeaux de la planète entière en une seule nuit.

Le petit garçon qui avait posé la question secoue la tête en le regardant, comme s'il avait affaire à un imbécile.

— Mais non ! C'est grâce au décalage horaire, monsieur ! Nous, à la maison, on regarde sur Google. Chaque année, le père Noël, il commence par la Nouvelle-Zélande et suit les fusées.

Je ris, précise au malin Loé qu'il suit les fuseaux plutôt que les fusées, et mon hilarité augmente lorsque je remarque la mine ébahie de mon client. Il s'est fait moucher par un gosse de six ans.

Avec une mine de conspiratrice, je demande à mon assistance :

— À votre avis, qui part en mission pour récupérer les listes de Noël et contrôler les enfants obéissants ? Je suis sûre que vous avez déjà entendu parler d'eux…

Un chœur de petites voix exaltées me répond en braillant :

— Les lutins !

— Eh oui ! Ils ne se contentent pas de rester dans leur atelier, ils sont aussi de précieux messagers qui se fondent dans la masse. Et contrairement à ce que l'on pense, ils ne sont pas minuscules, juste plus petits que la moyenne…

Je cesse mes explications, le temps de faire passer mon bracelet entre mon tee-shirt à manches longues et mon pull. Il fait encore des siennes en crépitant étrangement contre ma peau. Cela m'effraie un peu, je ne veux pas risquer d'empirer l'inflammation de tout à l'heure.

— Mon grand frère en a vu un, l'autre jour. Il l'a tout de suite reconnu, avec son bonnet pour cacher ses oreilles bizarres.

— Allons, voyons, Hugo, protesté-je en relevant les yeux de mon bijou, les oreilles pointues, ça n'existe pas. Les vrais lutins portent un bonnet uniquement parce qu'il fait froid là où ils habitent.

Jacob me regarde avec des yeux ronds. Tiens, lui aussi a pris cette légende pour argent comptant. C'est drôle de la part d'un gars rationnel comme lui. Au bout du compte, je ne suis pas la seule à être désorientée.

— Les lutins parlent toutes les langues, comme le père Noël, continué-je. La magie en eux leur permet d'emmagasiner beaucoup plus de savoir que nous.

— C'est pas vrai, ils existent pas ! me contredit la petite Alice, qui boude depuis le début. L'autre jour, au magasin, j'ai tout vu : ils portent des déguisements.

Je suis attendrie par tant de véhémence chez ce bout de chou.

— Tu as raison. Les pères Noël et les lutins des magasins ou de la télévision sont faux. Les vrais n'ont pas le temps d'amuser la galerie. Ils ont trop de travail et la magie ne leur permet pas non plus de se multiplier à l'infini.

La vague de questions ne semble pas vouloir refluer et je crains un instant que mon client ne s'impatiente. Cependant, il ne laisse paraître aucun signe d'irritation, ses beaux yeux sont épinglés sur moi avec un air d'intense réflexion.

— Moi, ma cousine, elle dit que c'est ses parents qui mettent les cadeaux sous le sapin.

— Oh, ça, c'est parce que le père Noël n'apporte des présents qu'à ceux qui le méritent. Les personnes qui vous aiment lui font parvenir votre commande, et si vous êtes sages, la livraison a lieu. Sinon, il la distribue à un enfant moins gâté dont l'entourage a moins de moyens, mais qui le mérite tout autant. Certains parents ont du mal à accepter cette décision et finissent par déposer eux-mêmes des cadeaux le soir venu.

Je m'arrête un instant pour savourer la vision de leurs bouches bées, Jacob y compris. Il est bon comédien.

— Mais si vous êtes attentifs, vous pouvez parfois entendre les pas lourds du père Noël sur le toit, ou les grelots des rennes. De temps à autre, des aiguilles de sapin sont tombées durant la nuit alors qu'il n'y a pas de chat, ou la vitre de la cheminée est restée entrouverte, parce qu'au bout d'un millier de maisons, le père Noël a oublié de la refermer.

Les enfants s'agitent en tous sens sur leurs chaises, excités par ce que je leur raconte.

— Les rennes sont tellement rapides qu'on ne les voit pas passer et le père Noël est très prudent : il fait attention à ce qu'il n'y ait personne aux alentours avant de se poser sur les toits. Il est relié en permanence à son quartier général qui prend des photos satellite en temps réel. Je ne devrais pas vous le dire, mais il y a même un groupe de techniciens qui travaillent actuellement sur un modèle de drone très discret qui pourrait le précéder.

À côté de moi, Jacob émet un hoquet de surprise. Qu'est-ce qui lui prend ? Suis-je trop brusque avec les enfants ? Je ne vais quand même pas leur raconter des mensonges, ils sont capables de comprendre. J'ignore son intervention et continue :

— Allez, une dernière question. Ensuite, ce sera l'heure de partir.

La timide Janna, au teint caramel, lève le doigt :

— Quand je demande à maman de pas allumer la cheminée pour pas que le père Noël se brûle, papa, il râle qu'il fait froid. Comment je fais pour avoir mes cadeaux s'il y a du feu ?

Je n'ai pas le choix, pour la paix de son foyer, la vérité s'impose. Je me penche vers elle pour murmurer :

— Tu sais, les rennes ne servent pas qu'à tirer le traîneau. Ils ont un souffle magique qui endort momentanément les flammes et tout ce qui se trouve à proximité, le temps que le père Noël garnisse le pied du sapin.

Ses jolis yeux noirs étincellent.

— Chouette ! Papa et maman se disputeront plus pour le feu alors !

— Et si on n'a pas de cheminée, madame Ania ?

— Il utilise son passe-partout pour ouvrir la porte ! Il perd un peu de temps, c'est tout. N'est-ce pas, Jacob ?

Je me tourne vers lui, histoire qu'il apporte du poids à mon témoignage. Il acquiesce après une seconde d'hésitation. Je ne sais pas si c'est la durée de la conversation qui le met dans cet état, ce dont je suis sûre, en revanche, c'est que je suis en train de le perdre. Il faut que j'abrège avant qu'il ne fasse peur aux gosses.

— Bon, les enfants ! Mon ami et moi, nous devons partir. J'ai été très contente de vous rencontrer, et n'oubliez pas : soyez sages !

Alors que nous nous apprêtons à sortir, j'avise le sac que trimballe Jacob.

— Je vois que vous avez fureté du côté de la boutique.

— C'est pour mon neveu. Je suis certain qu'il ne l'a pas, ce n'est pas un jeu vendu en grande surface.

À ces mots, je ne peux retenir un sourire attendri. En toutes circonstances, cet homme pense à ceux qui sont importants pour lui et n'hésite pas à mettre la main à la poche pour faire vivre les commerces de proximité. Il a même eu le temps de discuter avec le patron, qui a pour projet d'organiser des chasses au trésor thématiques dans la ville. Jacob lui a ainsi suggéré certains endroits.

Lui qui traînait des pieds a l'air content de sa journée. Je suis agréablement surprise de ne pas m'être fourvoyée. C'était une initiative assez risquée, je me doute que ce n'est pas le genre d'endroit qu'il fréquentait avec son ex. Cela dit, ma mission consiste à ce qu'il ne sorte plus avec des Nathalie et consorts.

— J'espère que vous ne vous êtes pas ennuyé…, lancé-je avec une fausse candeur.

— Ça aurait pu être pire.

Il ne lâchera rien, le chacal.

— En dépit du fait que je gâche un peu votre semaine de congés, je vous permets de compléter vos achats de Noël.

— Vous êtes spéciale, mais pas agaçante, Ania. Et puis, je dois encore trouver de quelle manière sauver ma réputation auprès de mes voisins avant de vous laisser repartir pour Lyon.

Ah, oui, j'avais déjà oublié cet affront. Je ne peux me retenir de rentrer le ventre au souvenir de ses remarques, me sentant aussitôt ridicule. Cela ne devrait me faire ni chaud ni froid.

Avec le plus de nonchalance possible, je hausse les épaules.

— Il vous suffira de dire que je fabulais sur l'identité du père.

8 - TORNADE, FURIE ET TOUS LES AUTRES

Il fait nuit lorsque nous passons la porte de la salle de jeux. Jacob insiste pour me raccompagner jusqu'à mon hôtel afin qu'il ne m'arrive rien dans l'obscurité et je ne discute pas. Je ne suis pas peureuse, mais marcher à côté de cet homme ne me déplaît pas. Et plus il baissera sa garde, plus je pourrai le découvrir, œuvrer pour ma mission.

J'ouvre la marche et retiens un geste *in extremis*, mortifiée d'avoir failli lui saisir la main comme à l'aller. Perturbée, je fourre les miennes dans les poches de mon manteau afin de ne pas craquer.

Un tantinet désemparée, je sens mon bracelet encore chaud à travers le coton de ma manche. Cet après-midi, son étrange couleur était tout en nuances de violet et d'argent ; la lumière de L'Antre du lutin le faisait chatoyer à chacun de mes mouvements. Le jour où mon père me l'a offert, le soleil aussi jouait sur la surface de mon bijou. Subitement, mes oreilles se mettent à bourdonner de manière désagréable et la voix de papa y vibre dans une mise en garde : « Ne quitte ce bracelet que lorsque tu es avec une personne de confiance. »

Qu'entendait-il par là ? Suis-je en danger au quotidien ? Ai-je toujours eu des pertes de mémoire ? Une sorte de prédisposition héréditaire, genre sénilité précoce ? Y a-t-il un bouton à presser comme sur les bracelets médicaux des personnes âgées ? Un dysfonctionnement interne expliquerait l'augmentation de température…

Non, cela ne tient pas debout.

Me parvient alors en écho une parole de ma mère, plus récente celle-ci : « Ton bracelet doit te servir de talisman et de bouclier à la fois, n'en fais pas une prison. » Je suffoque un instant, comme si l'on m'avait jeté un seau de glaçons à la figure. J'en ai assez de me faire agresser par surprise par mes souvenirs capricieux.

— Est-ce que vous allez bien ? m'interroge la voix inquiète de Jacob.

Je rigole avec nervosité.

— Oui, merci. C'est juste une légère nausée. J'ai dû boire trop de sirop à la violette.

Pensif, mon compagnon de route déclare que j'ai un côté étrange (au moins suis-je en partie normale, c'est mieux que rien).

— Vous étiez si enthousiaste avec ces enfants tout à l'heure. On aurait presque dit que vous étiez investie d'une mission.

— Je trouve que c'est important de transmettre la tradition de génération en génération.

— En tout cas, ils ont été bluffés par vos connaissances. Et moi aussi. Vous pourriez remplacer la mère Noël.

— Oh, non ! Je n'ai pas son talent. Que ce soient ses contes pour enfants, ses romans pour adultes, ou encore ses scénarios pour le cinéma, elle rencontre toujours un franc succès. Avec n'importe quel nom de plume. C'est fou comme elle arrive à véhiculer la magie de l'amour tout au long de l'année.

Le grand blond se fend la poire.

— Vous avez le sens de la repartie.

Je ne comprends pas ce qu'il veut dire et n'ai pas le temps de m'interroger plus avant qu'il me pose déjà une autre question :

— De quelle manière expliquez-vous que le père Noël ne passe pas dans les pays en guerre ?

— Il n'est pas miraculeux. Sa magie repose sur l'amour qui règne entre les êtres humains : il ne peut intervenir dans la politique et n'est pas immortel.

— D'accord. Et pourquoi ne passe-t-il pas pour les adultes ?

— Il montre aux enfants ce qui est important : la famille et faire plaisir. Un cadeau simple suffit, pourvu qu'il vienne du cœur. À eux, une fois grands, de perpétuer son enseignement et d'inculquer à leur entourage la magie de Noël. Il ne peut pas s'occuper de tout le monde, même s'il a son armada de lutins pour l'aider.

Je soupire.

— Malheureusement, cette coutume tend à se perdre. Beaucoup grandissent sans croire en lui et finissent par l'oublier. C'est une véritable catastrophe, quand ils deviennent parents à leur tour, leurs enfants sont perdus.

— Vous êtes passionnante !

Je lève les yeux vers lui et bloque sur son beau sourire : ses dents sont impeccablement alignées. Serait-il parfait de haut en bas ? Son regard de velours m'enveloppe, mon rythme cardiaque s'envole.

— Dites-moi, Mademoiselle-je-sais-tout, si le père Noël n'est pas immortel, comment peut-il exister depuis la nuit des temps ?

Il est sérieux là ? J'ai saisi son petit manège : il me trouve bizarre et cherche la faille sur le sujet qui me passionne. *Tu vas être déçu, mon coco, je suis intarissable.*

— Vous savez bien qu'ils se transmettent le rôle de père en fils ! Il faut rester logique tout de même ! Le seul problème est qu'ils doivent se conformer aux croyances en cours, et ça fait des années qu'ils se coltinent le costume rouge criard avec la barbe qui gratte. Heureusement, une fois la saison des fêtes passée, ils s'habillent comme ils veulent.

À présent, Jacob me fixe, effaré.

— Qu'y a-t-il ? demandé-je. Une araignée géante est sur le point de me gober tout cru ?

Comme il ne pipe mot, je continue sur ma lancée, bien décidée à lui montrer que mon cerveau n'est pas si endommagé que cela.

— C'est comme pour les rennes : la troupe change tous les cinq ans et tout le monde n'y voit que du feu. Tout jeunes, ils intègrent le centre d'entraînement pour apprendre les bases : améliorer leur vitesse, virevolter dans les airs, tirer une lourde charge, augmenter leur endurance, caler leurs pas sur ceux des autres… (Ils sont regroupés par affinité, les chamailleries étant prohibées pendant la Grande Nuit.) Puis a lieu la cérémonie où ils délaissent leur nom de naissance pour prendre un titre honorifique déterminant leur rang dans l'attelage. Être sacré Tornade, c'est être reconnu comme le plus rapide par exemple.

Je fais une pause, le temps de reprendre mon souffle. Mon client me regarde comme si j'étais une timbrée échappée de l'asile, encore parée de sa camisole de force. Finalement, il y a peut-être moins d'oxygène à son niveau, Monsieur Infaillible est complètement largué.

Nous tournons de nouveau à droite, mon hôtel est au bout de la rue.

— Oh ! Et la cellule logistique du père Noël pourrait faire pâlir toutes les grosses entreprises…

Jacob lève les mains en signe de reddition :

— C'est bon, j'ai eu ma dose.

— Je n'ai pas fini, répliqué-je, quelque peu acerbe. Vous vouliez tout savoir, alors maintenant, écoutez jusqu'au bout !

Maussade, il abdique d'un geste fataliste tandis que j'énumère les différents services concernés :

— Il y a l'atelier où les lutins fabriquent les cadeaux pour les enfants défavorisés, celui où ils rénovent un objet sentimental et celui où sont réparés les présents endommagés par inadvertance. Il y a aussi le centre du courrier, le pôle emballage/étiquetage et la logistique qui classe dans l'ordre les cadeaux à distribuer. Ils sont répartis en vingt-quatre tournées avec des points de ravitaillement à certains endroits du globe.

Désormais arrivés à destination, nous stoppons. Jacob pose une main prudente sur mon épaule, tout en cherchant mes prunelles des siennes.

— Je suis désolé. À la base, je voulais vous faire un compliment, pas vous vexer.

— Je ne suis pas fâchée. Je veux juste que vous compreniez que je ne parle pas de ce que je ne connais pas.

Une fois de plus, il me dévisage comme si je délirais puis éclate de rire.

— Malgré tous vos efforts pour me déstabiliser, vous êtes délicieuse. Bonne nuit, ma coach préférée…

Les yeux bleu électrique, il m'adresse un dernier séduisant sourire avant de tourner les talons. Pas sûr que je trouve le sommeil tout de suite.

Une demi-heure plus tard, je me triture les méninges devant les clips musicaux qui se succèdent sur l'écran de la télévision mise en sourdine. En nuisette, les cheveux emmaillotés dans une serviette, je me suis blottie sous les draps, munie de ma tablette numérique pour faire le point.

Je dirais que « désabusée » est le mot qui convient le plus à mon humeur. Mon bracelet, que je me suis empressée d'ôter sitôt rentrée, me nargue depuis la table de chevet. Je ne sais pas quoi en faire.

D'après les bribes de mon passé qui me sont revenues, il semble lié à ma santé physique, sauf que je ne sais pas de quelle manière. Aucune inscription n'est gravée à l'intérieur et le fait qu'il chauffe par intermittence m'interpelle. Peut-être comporte-t-il des aimants qui réagissent, signe que la magnétothérapie fonctionne ? Ou peut-être est-ce mon propre magnétisme qui crée des interférences ? Il faudrait que je me procure des baguettes de cuivre pour tester ma théorie...

Mais bon, ce n'est qu'un problème secondaire. Les migraines, les oreilles bourdonnantes, les nausées, les souvenirs récalcitrants… tout cela ne peut pas s'expliquer par l'influence d'une hypothétique énergie provenant de particules élémentaires.

Avec agacement, je tapote les bouts de mes doigts. Cela va sans dire, j'ai été un peu trop optimiste depuis mon choc à la tête. Je devrais passer une IRM, histoire de vérifier si j'ai des lésions cérébrales… Oui, c'est décidé. Dès la fin de ma mission, j'irai consulter un spécialiste afin de me rétablir au plus vite.

Pour l'heure, je dois me concentrer sur mon job, j'ouvre donc le document qui me sert de tableau de suivi. Cette journée m'a appris que Jacob n'a pas perdu son âme d'enfant. Il est capable de laisser son sérieux de côté. Encore faut-il que ce soit spontané. Hélas, des éléments me manquent encore pour le cerner complètement.

Son attitude très réservée peut éveiller la curiosité d'une femme au départ, mais son aspect lisse et propre sur lui pourrait la lasser par la suite. Quelqu'un qui ne fait pas assez confiance pour se dévoiler donne l'impression de jouer un rôle. Quel dommage...

Je me repasse la scène de l'après-midi dans mon esprit : le rire de Jacob mêlé à ceux des adolescents, sa patience avec mon groupe, son attention envers son neveu… Il ferait un bon père aussi, à condition qu'il trouve celle qui le motivera assez pour franchir le pas. Et c'est sans conteste sur ce point-là que je dois focaliser mon travail.

Prochaine étape donc : libérer davantage Jacob de son conformisme social et activer son romantisme en provoquant des rencontres. C'est ce que j'appelle « l'élargissement du cadre de référence ». En l'occurrence, la patinoire éphémère du centre-ville sera parfaite pour planter le décor. Qui sait ? Un hasardeux carambolage avec une belle jeune femme est si vite arrivé ! Et si ladite demoiselle ne demande qu'à tester un grand blond au visage d'ange… Eh bien, je bouclerai ce dossier l'esprit tranquille. Le reste ne m'appartient pas.

Je souris, satisfaite de mon programme du lendemain.

9 - AVOIR LES BOULES

Quatre jours après ma première rencontre mouvementée avec mon client, me voilà de nouveau devant sa porte d'entrée. Heureusement, cette fois-ci, l'accueil n'est pas glacial, Jacob m'invite à entrer le temps d'enfiler son blouson.

Hélas, à peine ai-je franchi le seuil que j'entends des trombes d'eau se déverser derrière moi. Les épais nuages gris apparus en très peu de temps ont mis leur menace à exécution. Je ne suis pas superstitieuse, mais tout de même, nous sommes vendredi 13 et mon programme tombe à l'eau. C'est le cas de le dire. Pas de patinoire signifie pas de glissade bon enfant dans une ambiance festive, et pas de rencontre possible. J'en taperais presque du pied si je n'étais pas aussi facile à vivre.

Devant ma mine défaite, Jacob s'enquiert de l'activité du jour et s'empresse de se moquer :

— Vous comptiez me faire enfiler des patins ? Je vous souhaite bien du courage !

— Ne vous réjouissez pas trop vite, ce n'est que partie remise. Nous trouverons bien le temps de tester votre équilibre et votre faculté à vous lâcher dans un environnement propice.

— Ce qui est certain, madame la coach, c'est que la pluie est partie pour durer. Je vous donne donc congé pour la journée.

La tête levée vers mon interlocuteur, je plisse les yeux, en pleine réflexion. Il est hors de question de m'avouer vaincue pour aujourd'hui, je n'ai pas fait le déplacement pour rien. Et puis, son petit sourire suffisant que je commence à bien connaître m'agace trop. Je dois réajuster le tir. Son frère souhaite qu'il retrouve un peu d'insouciance, je vais donc profiter de la météo peu clémente pour tester la résistance de mon client devant un film culte de Noël. Un de ceux que l'on adore visionner durant l'enfance.

Sans compter que visiter une autre pièce que son vestibule me livrera des indices sur sa personnalité. Une décoration intérieure peut dévoiler bien des choses sur quelqu'un.

— J'imagine que, comme la majorité de la population de notre âge, vous avez un abonnement VOD ?

Jacob acquiesce, une expression inquiète naissant sur sa figure.

— Parfait ! Nous allons regarder un film de saison ! annoncé-je.

— Vous êtes certaine que c'est nécessaire ?

Je hoche la tête, un grand sourire placardé sur le visage. Il a les boules que je m'incruste, mais me guide en silence vers son salon.

Du coin de l'œil, j'aperçois un bout de cuisine avec une cave hélicoïdale au sol, avant de déboucher dans un espace aux murs clairs et aux fenêtres sans rideau. Un grand sapin traditionnel aux tons dominants de rouge et d'or est placé de manière qu'il se voie de la rue, une fois illuminé. L'intérieur de Jacob est sobre et ouvert sur le monde extérieur. Au-dessus de nous, un filet d'habitation est installé en bordure de mezzanine pour optimiser la lumière de ce petit pavillon en duplex. À travers ses mailles, je distingue un bureau ordonné ainsi qu'une bibliothèque bien fournie. Un espace au calme pour un usage personnel et non un étalage de fausse culture comme chez certains. Côté couloir, des cadres photo sont suspendus, trop loin pour que je puisse les observer, et des portes fermées délimitent les pièces réservées aux intimes.

Assurément, mon client a du goût, et son métier lui a sans doute permis de dénicher plus facilement un logement à son image.

Jacob me fait signe de m'installer sur le canapé avec, semble-t-il, tout le poids du monde sur ses épaules. Me tournant le dos, il se penche vers la table basse pour saisir les télécommandes. Par réflexe, mes yeux descendent jusqu'aux formes moulées dans son pantalon cargo. Tiens, je n'avais pas encore remarqué son joli fessier. À la fois si proche, et si inaccessible…

Troublée plus que de raison, j'avale ma salive avec difficulté, faisant appel à toute ma concentration pour chasser cette folle pensée. Il s'agit de mon client avant tout. Je n'ai pas le droit.

Sans rien percevoir de mes tergiversations intérieures, Jacob prend place à l'autre bout du sofa, puis allume la télévision. À la suite de quoi, il se tourne vers moi, l'air soudain inspiré, une lueur maligne dans les yeux.

Je le sens venir à des kilomètres à la ronde et lui coupe l'herbe sous le pied :

— C'est moi qui choisis. Inutile de me proposer *Le père Noël est une ordure* ou les *Gremlins*.

Démasqué, le grand blond renchérit d'un air revêche :

— *Love Actually,* même pas en rêve ! Je ne suis pas une midinette.

Je prends un air blasé.

— Vous êtes si prévisible, Jacob. Je pensais plutôt à *Maman, j'ai raté l'avion.* Vous devriez survivre, ce n'est pas une romance à la guimauve.

Contre toute attente, il rend les armes.

— C'est un bon choix.

Je m'enflamme :

— Bien sûr que oui ! *Maman j'ai raté l'avion* est LE film de Noël par excellence. Pas seulement parce qu'il nous renvoie à nos bêtises d'enfant ou à la difficulté de vivre en fratrie, mais aussi parce qu'il véhicule les valeurs de cette fête traditionnelle. Après une année mouvementée, on prend le temps de se retrouver en famille en laissant de côté les différends. Car, dans le fond, nous sommes reconnaissants de ne pas être seuls.

Je le désigne de la main.

— Vous en êtes d'ailleurs un parfait exemple, d'après ce que vous m'avez dit sur votre grand-mère.

— Il faut savoir relativiser et apprécier ce que l'on a, approuve Jacob d'une voix plate qui me surprend.

— Oui. Selon moi, ce film véhicule cette idée. C'est la période où il est important de se rappeler qu'il y a toujours plus seul et démuni que soi. Qu'il faut cesser de se plaindre et que tant qu'il y a de la vie, il y a de l'espoir. En fin de compte, que ce soit dans le premier ou le second volume, le héros se rapproche d'une personne isolée qui doit renouer avec son passé pour avancer.

— Sans compter qu'il grandit à travers ses actions. Il affronte ses peurs de petit garçon et se prend en main. Il n'a plus à se reposer sur ses parents.

— Manifestement, l'indépendance vous tient à cœur…

Ou alors ses parents n'ont pas été très présents dans son enfance. Cet élément n'est pas évoqué dans son dossier.

— La vie ne nous laisse parfois pas le choix.

Au ton tendu de sa voix, je devine que le sujet est sensible, je m'abstiens donc de creuser la question. Inutile de le braquer.

— À ce propos, je suis étonné que vous aimiez ce film, Ania. Vous me semblez être une femme plutôt moderne.

Je le regarde, interrogative. Il précise :

— Vous ne trouvez pas ça aberrant qu'à chaque fois, c'est la mère du gamin qui se rend compte qu'ils ont oublié leur fils ? Que c'est elle qui se sent le plus mal et remue ciel et terre pour le retrouver ? Le gosse souhaite surtout revoir sa maman qui fait office de modèle pour lui. Bonjour l'image du père absent !

Je suis scotchée. Je ne m'en étais jamais aperçue. Si Jacob n'existait pas, il faudrait l'inventer.

Une fois les bases posées, les premières minutes du film se déroulent dans une ambiance silencieuse, quoique pas dérangeante.

Jacob se lève un instant pour nous préparer une collation. Il revient les mains chargées d'un plateau où sont disposés deux tasses de café et du pain d'épices, alors que je m'esclaffe une énième fois devant les mésaventures des deux mythiques cambrioleurs. Mon client laisse échapper un rire discret, il commence enfin à se détendre.

— Avec mon frère, nous adorions ce film. On s'en inspirait pour faire des blagues qui faisaient enrager nos grands-parents.

Il y a un temps de flottement, comme s'il était surpris de s'être laissé aller à la confidence. Je ne dis rien. Je ne respire même plus, de peur qu'il fasse machine arrière. Puis il se relâche et me raconte les escargots dans la panière à linge, la gouache rouge dans les escaliers pour faire croire qu'il y avait un blessé, les araignées en plastique suspendues par du fil de pêche dans les placards…

— Les billes semées dans l'allée du jardin ont signé la fin des réjouissances. Le facteur s'est retrouvé la jambe dans le plâtre alors qu'il venait livrer un colis.

J'en ris aux larmes, heureuse de découvrir cette nouvelle facette de Jacob.

— Vous avez des frères et sœurs ? me demande-t-il subitement.

— Non, je suis fille unique, et je l'ai bien vécu.

Du moins, autant que je m'en souvienne. Je maudis mon cerveau abîmé qui me refuse l'intégralité de mon enfance.

Il m'adresse un sourire amusé.

— À la manière dont vous maniez les boutades, j'aurais pensé que vous aviez l'habitude de vous chamailler.

Je saisis la balle au bond :

— En parlant de disputes… Quel était l'objet de celles que vous aviez, avec Nathalie ? Pourquoi a-t-elle rompu alors qu'elle semble le regretter ?

Jacob est sur le point de se refermer lorsque je pose une main sur la sienne.

— Je suis soumise au secret professionnel et puisque nous en sommes aux confidences... Je veux juste comprendre pour faire correctement mon travail.

Il retire sa main avant de me répondre du bout des lèvres.

— Je tiens à ce que ma compagne vaque à ses propres occupations : le sport, les sorties entre copines, le travail… Elle n'a pas à me rendre des comptes, et moi non plus, mais parfois, ça ne suffit pas. Très attachée à sa carrière dans le commerce international, Nathalie a souhaité que l'on s'installe à l'étranger pour avoir plus d'opportunités.

Mon interlocuteur passe une main dans ses cheveux, geste signifiant qu'il pèse ses mots.

— J’aurais dû quitter ma famille, j’ai refusé. Au grand bonheur de mon frère qui la trouvait trop superficielle, juste parce qu’elle prenait soin d’elle.

Les instructions de Jérémy résonnent dans ma mémoire. « Je rêve d’une belle-sœur qui serait moins attachée à se montrer sous son meilleur jour qu’à rendre mon frère heureux. »

Je tourne sept fois ma langue dans ma bouche, mais rien n’y fait :

— Vos autres petites amies aussi prenaient soin de leur apparence comme Nathalie ? Avec la même couche de fond de teint ?

Mécontent, le beau blond fronce les sourcils. Pour le coup, nous ne suivons plus ce qui se passe à la télévision.

— Vous n’êtes jamais resté collé à sa joue ? Et une fois que vos copines ont enlevé leur maquillage, leur gaine et leur soutien-gorge *push-up*, comment ça se passe ? Vous alertez la police, car une inconnue est entrée chez vous par effraction ? À moins que vous ne préfériez les assommer vous-même ?

C’est tellement risible que je rigole comme une gamine. Face à moi, Jacob s’est raidi, les lèvres serrées. Une lueur de colère flambe dans son regard, ses narines ne vont pas tarder à fumer. J’y suis allée trop fort. En me moquant de ses conquêtes, je me moque de lui également.

— Je suis désolée, je ne voulais pas être désagréable. C’était très déplacé de ma part, je n’ai pas à juger.

Je prends un ton presque suppliant.

— Pour ma défense, je commence à saisir pourquoi votre frère a contacté l’agence. Vous êtes si plein de qualités, Jacob ! Sous cette façade de commercial, vous êtes quelqu’un d’authentique, et surtout, capable d’apprécier les gens tels qu’ils sont. Mais vous pipez les dés. À être trop dans la retenue, vous attirez les femmes en conséquence : celles qui affichent aussi une façade en société.

Je reprends un morceau de pain d'épices afin de m'occuper les mains et me retenir de le toucher une fois de plus. Je dois réellement avoir un problème de magnétisme pour qu'il m'attire comme un aimant.

— Ne pas étouffer l'autre dans une relation ne veut pas dire faire sa vie chacun de son côté. Je crois que vous ne vous êtes pas assez impliqué avec Nathalie. L'excuse qu'elle ne vous correspondait pas me paraît trop facile.

Mon client me toise d'un air encore plus sévère. Je ne me démonte pas, il est trop tard pour cela. Soit je me grille définitivement, soit il finit par ouvrir les yeux.

— Vous savez très bien que débuter une relation avec une personne avec qui l'on a des intérêts communs est une des conditions pour que ça fonctionne. Votre frère estime que vous ne jouez pas franc jeu, et mon travail consiste à vous donner envie de rencontrer un jour la bonne personne.

Mi-figue, mi-raisin, Jacob m'observe, un poil moins agacé. Je lui adresse un sourire que je souhaite apaisant.

— C'est un peu comme la blague du type coincé dans les sables mouvants qui ne sait pas reconnaître quand on lui tend la main.

— Quelle blague ? me demande l'ignorant.

— Vous devriez sortir plus souvent, vous savez ? Il s'agit d'un homme très croyant qui se retrouve enlisé jusqu'aux genoux lorsque les pompiers arrivent pour le sortir du pétrin. Il refuse leur intervention, car il sait que Dieu le protège. Les sauveteurs reviennent par deux fois, et à chaque tentative, le pauvre homme décline leur aide. Il finit par mourir englouti. Arrivé devant le Tout-Puissant, il l'accuse de n'avoir rien fait…

— Et Dieu lui répond qu'il a envoyé trois fois les pompiers.

— Exactement ! Vous avez compris l'idée.

Il soupire.

— Tout a l'air si simple avec vous, on y croirait presque.

— Au bout de deux semaines, je vous aurai converti !

Son regard devient perçant, semble me scanner de haut en bas.

— Vous avez certainement les arguments pour…, murmure-t-il, la voix plus rauque que d'ordinaire.

Je me racle la gorge pour masquer ma gêne soudaine, affectant d'être concentrée sur le générique de fin du film. Je n'ai aucune envie de savoir à quoi il fait allusion. Aucune.

Je sens l'air se déplacer à côté de moi. Alerte ! Jacob est en approche. C'est dingue comme je peux être suspendue à ses gestes.

Il me capture le poignet, le regard intense braqué sur moi. De si près, je peux discerner les incroyables nuances de ses iris qui varient du bleu profond à l'aigue-marine. J'avoue que je suis fascinée, mon client a des yeux vraiment intéressants (simple observation scientifique, bien entendu).

— Vous êtes ma bouteille d'oxygène, Ania.

Je réprime un soupir. J'aurais dû m'en douter, c'était trop beau pour être vrai.

— Je sais, Jacob, toujours sur votre dos, grommelé-je. Et encore, estimez-vous chanceux. Si j'avais été plus grande, j'aurais pesé plus lourd.

Je regarde par la fenêtre et me lève avec empressement.

— Bien. La pluie s'est arrêtée, le film est terminé. Je vais y aller.

10 - LES BRETELLES ROUGES DU PÈRE NOËL

— Ne regardons-nous pas le second film pour terminer ma leçon, madame la coach ?

— Mon planning prévoyait de mobiliser deux heures de votre temps. C'est chose faite.

Je me dirige vers le vestibule, Jacob sur mes talons.

— La sortie à la patinoire n'a pu se faire, mais nous avons bien avancé. Je vous laisse tranquille pour la soirée.

Le grand blond se met à pouffer.

— Ne seriez-vous pas psychorigide avec votre emploi du temps, Ania ? C'est vous qui me conseillez de lâcher du lest pourtant ! Je suis certain que vous avez encore des choses à m'apprendre.

Je l'ignore et remonte la fermeture à glissière de ma parka tandis que le Dijonnais casse-pieds poursuit son monologue :

— D'après mes souvenirs, dans *Maman j'ai encore raté l'avion,* il est question de l'importance d'offrir un cadeau symbolique à ceux qui comptent pour nous. Un présent qui vient du cœur. Vous savez, comme lorsque vous m'avez testé au marché de Noël…

Je dois reconnaître qu'il est perspicace. La main sur la poignée de la porte, je demande sans me retourner :

— C'est la raison pour laquelle vous souhaitez que je reste ? Pour vous moquer de mes valeurs, comme hier avec l'histoire du père Noël ?

Son parfum de cardamome et de vétiver m'enveloppe, me signalant qu'il est tout proche.

— Disons que je me suis pris au jeu. J'aime connaître votre vision des choses, même si je ne la partage pas toujours.

Je daigne lever le nez vers lui et ma volonté vacille. Il est trop près. Je me noie dans le bleu de ses yeux, un bleu démentiel. *C'est toi qui es démente, Ania.*

Je souffle, agacée par moi-même.

— Je rajouterai donc « masochiste » sur votre profil.

J'ouvre la porte… puis me ravise, sur une impulsion. J'aime trop les challenges pour jeter l'éponge. Si Jacob nécessite plus d'heures qu'une mission lambda, eh bien, soit ! Je fais toujours en sorte de satisfaire ma clientèle.

Et non, il ne m'obsède pas. J'ai seulement une conscience professionnelle très développée.

— Vous savez quoi ? On va le regarder, ce film. Je vais vous faire un exposé, et vous allez écouter attentivement, comme tout bon client qui se respecte.

Provocateur, l'individu en question semble vouloir enfoncer le clou :

— Vous finirez par avouer que je suis votre client préféré.

— Quand le pôle Nord aura dégelé…

De nouveau installée sur le canapé de Jacob, je m'applique à rester silencieuse plus de la moitié du film. L'heure du repas approchant, c'est mon estomac qui finit par se manifester le premier. Je propose à mon camarade de commander des pizzas, vu que j'ai pris racine chez lui, et ce dernier accepte sans rechigner. Contente de moi, je dissimule un petit sourire de triomphe.

Enfin ! Il baisse sa garde. C'est la première fois que Jacob se montre aussi décontracté en ma présence. Peut-être parce qu'il est dans son élément, ou peut-être parce qu'il a compris que je ne suis pas son ennemie. Je ne m'impose pas pour lui pourrir la vie ou le changer, lui.

Le livreur finit par arriver avec une demi-heure de retard et deux bières offertes en guise d'excuse. Je mords avec entrain dans une part de pizza au chorizo, enchaîne avec une gorgée de mousse fraîche, avant de pousser un soupir de satisfaction.

— Vous buvez pendant le service ?

— Vous allez me balancer ?

— Certainement pas ! Une femme qui ne mange pas uniquement de la salade verte accompagnée d'eau gazeuse mérite qu'on la couvre.

Malgré moi, je rougis sous le regard appréciateur de Jacob. Comment une remarque aussi anodine peut-elle avoir autant de pouvoir sur mes réactions ? Je tente de dissimuler mon embarras.

— Vous voilà bien spontané tout à coup.

Il continue de me fixer, un éclat singulier au fond des yeux qui ne me dit rien qui vaille.

— J'applique vos recommandations. À ce sujet, j'ai une blague pour vous : pourquoi le père Noël porte-t-il des bretelles rouges ?

Décontenancée par cette question incongrue, je secoue la tête après quelques secondes de réflexion.

— Je donne ma langue aux rennes.

La bouche ouverte, prête à me donner la réponse, Jacob marque un temps d'arrêt.

— D'où sortez-vous cette expression ?

Je hausse les épaules.

— De chez moi.

— C’est moi qui raconte la blague, ne me volez pas la vedette.

Mais qu’est-ce qu’il a à critiquer sans cesse ce que je dis ? Il est tellement à cheval sur la langue française ! Je m’impatiente.

— Alors ? Ces bretelles…

— C’est pour tenir son pantalon, bien sûr !

— Je suis morte de rire, grincé-je.

— Ce n’est pas vous qui aviez dit que je devais me détendre ?

— En restant subtil et élégant, comme vous savez l’être. Pas avec des blagues de potache trouvées sur des Carambar !

— D’accord, je vais faire des efforts. Je le jure sur les bottes du père Noël.

Mes iris chocolat doivent sans nul doute lancer des éclairs. Il se fiche de moi, c’est clair.

— Amusez-vous à mes dépens si telle est votre manière de vous préserver, mais n’oubliez pas que la vie est courte. Vous n’avez pas le temps de vous attarder dans des faux-semblants ou des relations qui ne vous apportent aucune joie. Vous devez saisir la vie, pas vous laisser vivre.

Je lève la main avant qu’il ne conteste.

— Prenez les romances de Noël, par exemple. Ces histoires passent pour mièvres, pourtant, ces téléfilms sont très attendus chaque année. C’est même devenu un phénomène littéraire. Pourquoi, à votre avis ?

Mon vis-à-vis reste muet, en attente de la suite.

— Parce que nous sommes humains, Jacob. Nous avons parfois besoin de nous enfouir dans les coussins du canapé et de poser notre cerveau pour regarder un truc bien niais. Parce que, malgré nous, il y a toujours une scène qui nous accroche, une ambiance qui nous renvoie à un souvenir ou une rencontre que l'on aurait aimé faire. Nous avons envie de croire, l'espace d'un instant, que nous aussi, nous pouvons donner un coup de pouce au destin comme le font les protagonistes. Pour ma part, j'assume totalement le fait d'aimer ce genre de récits.

Je me tais quelques secondes, les yeux perdus dans le vague. Un souvenir se forme, telle une bulle fragile, et je me concentre pour qu'elle ne m'éclate pas à la figure. En pilotage automatique, ma voix me parvient de très loin.

— Ce doit être dû à mes origines. Mon père…

Mon bracelet choisit ce moment pour se détraquer, une fois de plus. Sous le coup de la brûlure, je sursaute et lâche ma bouteille en verre qui se répand à terre.

— Quelle maladroite ! Je suis désolée !

Mon client m'invite à rester plus longtemps chez lui et je ne trouve rien de mieux à faire que de lui ruiner son parquet. Être aussi gauche n'est pas digne d'un coach. Il y a vraiment un truc qui ne tourne pas rond chez moi.

Armée de serviettes en papier, je remonte mes manches, puis m'emploie à éponger le sol. À quatre pattes par terre, je prends garde toutefois à ne pas tendre le postérieur vers Jacob. Autant conserver le peu de dignité qu'il me reste.

Flegmatique, il me saisit le bras, m'invitant à cesser de m'agiter. Il va aller chercher une serpillière. Ses doigts s'attardent sur ma peau. Il se penche en avant, se rapproche au point d'effleurer mes cheveux de sa mâchoire… et s'empare de la bouteille abandonnée derrière moi sur la table basse. Fausse alerte. Mon cœur peut repartir. *Secoue-toi, Ania !*

Je me relève, inspecte ma tenue. La longueur de mon cardigan a protégé mon jean des dégâts, mais la partie déboutonnée n'a pas pu sauver mon chemisier à dentelle.

Sous les éclaboussures de bière, mon corsage blanc immaculé a viré à beige. Lamentable.

Quand Jacob revient avec son nécessaire de ménage, j'insiste pour réparer ma bêtise. La scène est alors surréaliste : moi, qui manie le balai-brosse au milieu du salon de mon client, et lui, qui m'assure que ce n'est pas grave.

Ma tâche accomplie, je me masse le poignet, encore douloureux, sans pouvoir me résoudre à enlever mon bracelet. Je suis siphonnée, c'est certain. Le maître des lieux, qui n'a pas ses yeux dans sa poche, me demande ce qui m'arrive. Je lui expose la raison pour laquelle j'ai laissé échapper ma boisson, suppose que je dois faire une légère allergie à mon bijou… Dubitatif, Jacob me sonde du regard avant de m'ordonner de m'asseoir.

J'abdique. Au point où j'en suis, que je fuie maintenant ou dans dix minutes, le mal est fait. Mon client éteint la télévision et s'éclipse un court instant pour refaire son apparition, une poche de gel froid en main. S'asseyant à mes côtés, il me prend le bras, comme si c'était le geste le plus naturel au monde, pour y appliquer la compresse.

Montée d'adrénaline. Mon souffle se bloque dans ma cage thoracique tandis que je frôle l'arythmie.

— Ça va endormir la douleur. Vous avez une belle marque rouge. Ce n'est pas malin de garder ce bracelet, dit-il d'un ton réprobateur.

La tête levée vers lui, je ne sais que répondre. Je ne peux pas lui révéler que j'ai le pressentiment de ne pas devoir l'ôter, tout en étant inapte à l'expliquer. Il faudrait alors que je lui avoue mon amnésie passagère, et Jacob me mettrait dehors pour faute professionnelle au lieu d'être si prévenant. Je suis dans l'incapacité de faire confiance à ma mémoire, mais je peux me fier à mon cœur : il est certain que l'on ne m'a pas touchée ainsi depuis longtemps. Avec fermeté et douceur.

Un bleu serein accroche mes yeux. Perdue, je baisse le regard. Mon cerveau indompté continue en roue libre : je m'imagine au creux des bras de Jacob. Sous la lumière tamisée, cet homme me trouble. Les manches de son polo roulées sur ses avant-bras dévoilent une peau bronzée tout en muscles. Une peau que je voudrais toucher à mon tour.

Je me mords la lèvre, me sermonne en mon for intérieur. *On ne se laisse pas ensorceler par son client !* Éthiquement parlant, c'est mauvais, même si, physiquement parlant, ledit client est sacrément sexy.

— Vous alliez me dire quelque chose sur votre père…

— Oui. Il a une vision de la vie qui a influencé la mienne et… euh…

Je cherche mes mots. Je remue encore et encore les limbes de ma mémoire, en vain. La bulle s'est évanouie en emportant avec elle la vérité. L'espace d'un instant, j'ai cru toucher du doigt ce qui me semblait si important, et que ma cervelle en détresse a si vite dissimulé.

Je laisse échapper un petit rire nerveux. Les battements effrénés de mon myocarde me confirment que quelque chose cloche.

— C'est idiot, je ne sais plus où je voulais en venir. Ça ne devait pas être important.

— Vous ne semblez pas dans votre état normal. Vous devriez rentrer. En taxi, de préférence.

L'apitoiement que je lis dans les prunelles de Jacob ne me plaît pas du tout. Ma fierté en prend un coup.

— Je peux conduire, rassurez-vous. C'est juste un peu de fatigue.

Je me lève en essayant de ne pas paraître trop pressée.

— Je vous remercie pour vos soins, et encore navrée pour votre parquet. Passez un bon week-end. Je reste joignable sur mon portable en cas de besoin.

Je n'attends pas sa réponse pour sortir. Dehors, un grésil épais est en train de tomber. Je sens le regard de Jacob me suivre jusqu'à ce que j'atteigne ma voiture garée au bout de la rue. Il est 20 h 30, et cette fin de journée est un fiasco.

Je n'aurais jamais dû accepter de rester plus longtemps que prévu. À cause de ce fichu bracelet, je me suis ridiculisée. Qui plus est, mon client a failli découvrir mes problèmes de mémoire. Cela aurait à coup sûr rompu le contrat tout en ruinant ma carrière. Un coach au cerveau abîmé fait tache dans une agence aussi réputée que la mienne.

Pourtant, je suis sur la bonne voie. Mon récalcitrant Viking a abaissé quelques barrières. Il m'a raconté des souvenirs d'enfance, et j'ai compris d'où venait l'échec programmé de ses relations dont parlait son frère. Le vrai nœud du problème réside dans les zones d'ombre qu'il ne me laisse pas approcher. Un jardin secret lié à sa cellule familiale. Qu'est-ce qui pourrait bien expliquer son hésitation à fonder un foyer, alors qu'il a toutes les prédispositions pour ? Il fait la fine bouche, pourtant, le concernant, le bonheur pourrait être à chaque coin de rue. Jacob est l'homme idéal.

Sidérée par cette dernière pensée, je secoue la tête. Je me trouve sur une pente dangereuse. Mes habituelles interventions de deux à trois heures quotidiennes se sont transformées en après-midi entières avec lui, sans que je m'en rende compte. Au bout d'une petite semaine, il est devenu naturel pour moi de profiter de sa compagnie. Discuter à bâtons rompus, frémir entre deux regards bleutés, rire ou grommeler à chacune de ses taquineries… La tessiture de sa voix, ses yeux qui m'électrisent, ses lèvres interdites… Les symptômes sont limpides et le diagnostic fatal : j'éprouve du désir pour mon client. Si je laissais libre cours à mes envies, ce grand blond aurait sur moi un effet incendiaire et cette attirance physique m'angoisse.

Cela ne m'est jamais arrivé dans le cadre du travail. Selon moi, il s'agit d'une faute professionnelle. Trop s'impliquer peut faire capoter une mission. Or, je refuse que celle-ci soit mon premier raté. Je vais me désintoxiquer de Jacob pendant ce week-end loin de lui, et élaborer un programme en béton pour la semaine prochaine. Plus vite je ferai ce pour quoi son frère paie l'agence, plus vite je reprendrai ma paisible vie lyonnaise.

D'autant que j'ai remarqué que mon étrange et effrayant bracelet ne se manifeste qu'en présence de mon client. Comme s'il me mettait en garde contre lui…

Non, mais je déraille complètement ! Un objet est une chose inanimée. Aussi bizarre soit-il, il n'a pas de volonté propre. Je dois réellement être à cran pour raisonner de la sorte. Ce qu'il me faut, c'est une bonne nuit de sommeil. Sans rêve.

11 - ÉTOILE DES NEIGES

Après la journée perturbante d'hier, suivie d'une nuit en pointillé, je me réveille aux aurores, incapable de me rendormir. Une lumière blanche, que je reconnaîtrais en toutes circonstances, inonde la pièce : la neige s'est invitée dans la nuit.

Je me lève pour écarter les rideaux de ma chambre, sans pouvoir retenir une exclamation de plaisir. J'adore la neige autant que Noël. Ce climat va recharger mes batteries, c'est indéniable.

Prête à passer un samedi de pure procrastination, je zappe d'une chaîne à une autre lorsque Gérald de Palmas se met à chanter. Jetant un œil à l'écran de mon portable, je ne sais si je dois me réjouir ou faire la morte. Je me décide tout de même à décrocher.

— Vous avez déjà besoin de moi, Jacob ?

— Bonjour à vous aussi, Ania. Ne fanfaronnez pas trop vite, je m'inquiète de vous savoir en danger.

— C'est à dire ?

— Disons qu'avec votre maladresse, dans une ville inconnue… De surcroît, réduite à manger seule à votre hôtel, alors que vous êtes dans le berceau de la gastronomie… je me vois contraint d'intervenir. Ce soir, je vous invite au restaurant, en tout bien tout honneur. C'est à mon tour de vous faire saisir une ambiance, je vais vous montrer le vrai Dijon.

Je tente de l'interrompre :

— Jacob, ce n'est pas nécessaire. Je…

— Faites attention ! Vous allez finir comme moi, à ne penser qu'au travail. Froide et sans cœur, ayant désespérément besoin d'un coach.

Mon interlocuteur fait une pause avant de baisser quelque peu la voix :

— À moins que ce ne soit ma compagnie qui vous déplaise autant ?

S'il savait… Je ne m'attendais pas à cela et reste muette sur le coup. Heureusement qu'il ne peut voir ma tête.

Loin de se démonter, Jacob insiste.

— Alors ? C'est un oui ou un non ?

— Je réfléchis.

Et, effectivement, je pèse le pour et le contre. D'un côté, cette charmante invitation provient d'un client pour qui j'ai tendance à craquer, ne m'en déplaise. Je pourrais perdre davantage le contrôle. De l'autre, je veux prouver que je suis capable de mener à bien ma mission malgré mon amnésie sélective. Dîner avec lui, à sa demande, et lui faire admettre qu'il a eu assez confiance en moi pour me suivre toute la semaine est une alléchante perspective. Une parfaite occasion de lui faire avouer que, finalement, il adhère à la démarche de son frère.

D'ordinaire, c'est moi qui prends les commandes, mais je suis prête à faire une exception. Ne pouvant appeler ni mes parents ni mes amis, plutôt que de me morfondre tout le week-end, autant m'offrir une petite parenthèse. Histoire de voir ce que cela donne. Et, argument irréfutable, les Bourguignons ont, paraît-il, le goût de la bonne chère et des grands crus. Alors, quelle raison aurais-je de refuser ?

— Pourquoi pas ? lâché-je, vaincue.

Je veux bien voir ce que vous voulez, et plus si affinités. Je me mords la langue pour m'empêcher de sortir une telle énormité.

— Très bien, je passe vous prendre à 19 heures. Inutile de vous mettre sur votre trente-et-un, vous êtes belle au naturel.

Il raccroche, me laissant en proie à un trouble sans nom. Était-ce un vrai compliment ou une pique en référence à son ex que j'ai eu le malheur de critiquer ?

La soirée promet d'être passionnante. La question étant de savoir qui de nous deux s'amusera le plus…

L'ambiance du restaurant est très agréable, le cadre simple et chaleureux à la fois. Un mur d'eau sépare le côté bar de la salle, la moquette au sol étouffe les bruits. La table réservée par Jacob est un îlot d'intimité au milieu de plantes vertes et de claustras en bois.

Nous bavardons de tout et de rien avec une facilité déconcertante. Mon compagnon s'avère charmant et très à l'aise, un chouia différent de ce qu'il m'a montré jusque-là. Bien évidemment, je m'applique à éviter certains sujets personnels pour lesquels je sais que je n'ai aucune réponse ; ce serait dommage que mes connexions neurologiques un peu déréglées me gâchent le moment.

Pour être honnête, le seul bémol est la stature de mon camarade, qui s'intègre si bien dans ce décor presque parfait. Envoûtant dans sa chemise ajustée, son regard semble de braise et son charisme démultiplié. Je me surprends à être de plus en plus distraite, j'enchaîne les bouffées de chaleur. Est-ce déjà la ménopause qui me guette ?

L'excellent velouté de potimarron à la truffe succède au kir cassis, puis le savoureux soufflé à l'anis clôture le repas après un copieux coq au vin. Les papilles satisfaites et le ventre bien rempli, je contemple mon assiette vide, déçue que ce soit déjà la fin.

— Je comprends votre indignation devant mes lacunes culinaires. Il aurait été dommage de rester sur le souvenir d'une pizza au chorizo.

— Vous saisissez maintenant pourquoi vous êtes ici, la réputation de ma ville était en jeu, renchérit Jacob.

Dans un même réflexe, nous tendons notre carte bleue au serveur qui arrive avec son terminal de paiement. Mon client s'interpose.

— Laissez, j'ai dit que je vous invitais.

— C'est bon, je peux payer ma part.

Il soupire.

— Écoutez, je tiens la porte aux dames, je tire leur chaise, je remplis leur verre, et je paye le repas lorsque c'est moi qui propose une sortie au restaurant. J'appelle ça de la politesse doublée de galanterie. La lutte pour l'égalité des chances ne doit pas être une excuse pour perdre son savoir vivre, ne croyez-vous pas ?

Je ravale instantanément mes paroles toutes prêtes de femme indépendante qui s'assume. J'avoue que je suis soufflée. Cet homme est plein de surprises et je commence à me demander pourquoi son frère estime qu'il a tant besoin d'aide.

— Euh… d'accord, bredouillé-je d'une voix malheureuse, mais alors je vous offre le digestif.

Il se fend d'un large sourire.

— Vous avez enfin trouvé notre point commun ! On ne termine pas un bon repas sans un verre de cognac.

Mamma mia ! Je crois que je prends goût à mon client.

Le serveur parti à la recherche de notre eau-de-vie, Jacob pose la main sur la mienne qui repose sur la table.

— Il y a un dernier endroit que vous devez connaître…

Je n'entends pas la fin de sa phrase, focalisée sur la chaleur de sa paume qui me provoque des picotements au ventre. Je fixe sa bouche en essayant de comprendre le sens des mots qui en sortent. Erreur tactique. C'est encore pire. Je ne vois que ces fines lèvres défendues que j'ai expérimentées bien trop rapidement, un jour de grand vent. Jacob surprend mon regard. Je ne vais pas tarder à succomber de honte. C'est terrorisant à quel point je ne contrôle plus mes pensées.

« Calèche ». Le mot traverse le brouillard qui m'entoure, je m'y accroche.

— Où ça ? Quelle calèche ? demandé-je en regardant par la fenêtre pour reprendre le fil de la conversation.

Mon compagnon me répond par une autre question, conscient que je ne l'ai pas écouté.

— Vous n'avez pas peur des chevaux ?

— Uniquement du cheval d'arçons. C'était ma plus grande peur à l'école : devoir sauter sur le trampoline disposé juste devant, saisir les poignées et passer par-dessus… Avec mes petites jambes, j'avais la trouille de me louper et de me fracasser le crâne en tombant à côté du tapis.

Par le père Noël et tous ses lutins ! Ania, tais-toi !

Face à moi, Jacob se bidonne.

— Vous êtes rafraîchissante.

Je prends un air désinvolte.

— C'est mon côté exotique, je ne suis pas d'ici.

En guise de promenade digestive, Jacob a prévu une surprise, et pas des moindres : une promenade en calèche au bord du lac Kir. Artificiel ou pas, ce dernier est magnifique et c'est avec l'air béat d'une cruche que je m'installe derrière l'attelage. Jamais un client ne m'avait fait un aussi beau cadeau. Les chevaux entament leur parcours et, comme un mystérieux signal céleste, des flocons commencent à tomber en tourbillonnant autour de nous. À part le cocher, il n'y a personne d'autre alentour. La nuit semble nous appartenir.

Les jambes bien à l'abri sous la couverture polaire, je savoure ce moment hors du temps quand mon agent immobilier préféré m'annonce tout de go qu'il n'a plus besoin de mes services.

S'il m'avait annoncé que l'apocalypse était proche, je n'aurais pas été plus choquée. Rompre le contrat avant échéance est impensable ! Je proteste, lui rappelle que la prestation ne se termine que le 22 décembre, que j'ai prévu des choses… Rien à faire, il m'achève d'une sentence sans appel :

— J'ai pris sur moi toute la semaine, sans résultat. Ça ne fonctionnera pas en continuant ainsi.

Je lève les yeux au ciel, y cherche du réconfort. Le firmament semble vouloir me dire quelque chose, mais je suis trop loin pour l'entendre.

Un peu solennel, Jacob continue sa tirade :

— Mon frère souhaite que je retrouve le sens de la famille, l'envie d'en fonder une. Il m'enjoint de côtoyer des femmes authentiques. Vous-même m'avez assez sermonné pour que je saisisse les opportunités. La meilleure façon étant de pratiquer, j'imagine cependant que c'est contraire à votre éthique de coach. Je change donc les règles, car il y a conflit d'intérêts…

— Vous voulez vous entraîner sur de pauvres filles pour les jeter après ?! Évidemment que c'est contraire à ma déontologie !

J'ai crié un peu trop fort, faisant se retourner le cocher. Content de lui, Jacob affiche son sourire plein d'assurance tandis que je serre les dents, si fort que je risque de m'en fissurer une.

— Vous n'y êtes pas. En fait, il me semble qu'il est interdit d'avoir des vues sur son professeur.

Un ange passe. Je pourrais presque voir frémir ses ailes. Des picotements commencent à titiller mon poignet. *Ah non ! Pas maintenant !* Pas en pleine promenade romantique au clair de lune. Moi, j'aime les clichés, j'adore ce genre de déclaration. Je suis peut-être un peu amnésique sur les bords, mais pas au point d'oublier mon côté fleur bleue.

— Hier, je n'ai pas pu résister. Je voulais prolonger le moment sans savoir pourquoi, et aujourd'hui, je me suis maudit des centaines de fois de vous avoir invitée au restaurant. Je ne peux plus reculer désormais. Je suis navré de vous imposer une telle déclaration, Ania, mais vous êtes si vraie, si irrésistible.

Je vais me sentir mal.

— Votre façon de monter sur vos grands chevaux quand on évoque votre taille, vos expressions bizarres de Noël pêchées je ne sais où… J'aime vous taquiner pour voir éclore des étincelles dans vos yeux et cette adorable moue sur vos lèvres.

Et là, lentement, pour me laisser le temps de m'écarter si j'en ai envie (rire ironique : *ça va pas la tête !*), Jacob pose sa main gantée sur ma joue en saisissant ma bouche avec habileté. Au moment où sa langue rencontre la mienne, où son souffle se mêle au mien, je perds pied. Je mordille sa lèvre inférieure et m'enflamme.

Je recule d'un bond en secouant ma main droite. Oui, je m'enflamme ! Une brûlure intense me force à enlever ce satané bracelet qui m'a une fois de plus marquée sous la manche de mon pull en cachemire.

Jacob me fixe, interloqué, puis comprend ce qui m'arrive.

— Tu le portes encore !

Je ne bloque pas sur le tutoiement soudain. On s'est embrassés, c'est normal. D'autant plus si l'on compte recommencer.

— Cadeau ou pas, il est clair que tu fais une sacrée réaction allergique. Si ce n'est que ça, je t'en achèterai un autre !

Sans autre forme de procès, il me l'arrache des mains. Mauvais timing, une roue de notre moyen de locomotion passe sur un nid-de-poule et, sous la secousse, Jacob lâche mon bijou qui tombe au sol. La calèche continue de filer, mon bracelet roule dans la nuit, s'enfonce dans la couche de neige. C'est alors comme si moi-même, j'étais ensevelie sous la poudreuse. Le froid m'envahit, la panique me submerge. Je suis incapable de stopper cette lame de fond. J'essaie tant bien que mal de rester ancrée à la réalité, mais ce n'est pas facile avec ce bourdonnement dans les oreilles. Je me mets à trembler avec violence, mon cœur entame une course folle.

— Non, non, non.

Je m'entends gémir, des trémolos dans la voix. Mon souffle s'accélère. Jacob a une mine coupable, mais son ton reste ferme lorsqu'il me prend les mains :

— Cesse de t'accrocher à cette babiole, elle est dangereuse pour toi.

Sauf que mon cerveau ne contrôle plus rien. Mon corps prend le relais. Je me dégage de son étreinte, mes mains tremblantes repoussent la couverture d'un geste vif, mes jambes se tendent et, comme une idiote, je saute de la calèche en marche.

Par je ne sais quel miracle, je réussis à atterrir sur mes pieds sans me blesser. Ignorant Jacob qui crie mon nom dans la nuit, je cours vers l'endroit où je pense avoir vu tomber mon précieux jonc, et je me mets à brasser la poudreuse à genoux. Telle une désaxée, je farfouille frénétiquement dans la neige.

Que je le veuille ou non, je suis liée à ce bijou, il m'est vital de le retrouver. Ma tête me lance, je suis maintenant congelée, et j'ai la certitude qu'après un tel coup d'éclat, je suis bonne pour l'asile. De toute manière, cela m'est égal puisque le bel homme qui m'a embrassée quelques minutes plus tôt n'est pas près de recommencer.

Tiens, il arrive justement. Il est furieux.

— T'es complètement folle !

Oui, c'est ce que je me disais à l'instant. On est vraiment sur la même longueur d'onde.

— Tu aurais pu te tuer pour une breloque !

Jacob me tire par le bras pour me remettre debout puis me secoue comme un prunier. Je suis perdue. Mes gestes sont désordonnés, mes protestations quasi hystériques. Mon passé entier bouillonne dans la marmite de ma matière grise, mais refuse de faire céder le couvercle.

C'est alors que je les sens. Elles coulent sur mes joues, roulent le long de ma mâchoire et se perdent dans mon cou. Je suis en train de pleurer comme un bébé. Mon client qui ne veut plus l'être fixe mes larmes avec stupeur. Il se détache de moi comme s'il avait reçu un uppercut. N'a-t-il jamais vu de fille sangloter ? Il faut dire que c'est efficace, car il se met à chercher dans la neige à son tour. Je ne savais pas que quelques gouttes d'eau salée pouvaient déstabiliser un aussi grand gaillard.

Le conducteur de la calèche attend patiemment à l'écart, s'appliquant avec soin à regarder ailleurs. Jacob a dû lui promettre de payer un supplément et ce brave monsieur aura une anecdote croustillante à raconter à ses amis. Le malheur des uns fait le bonheur des autres, comme on dit.

Je m'essuie les pommettes, déterminée à me ressaisir, quand je constate que mes gants de cuir noir sont couverts de traces bizarres. Des sillons dorés. Je tressaille. Des larmes de couleur ? Voilà que maintenant, j'ai des hallucinations. Mon choc à la tête de la semaine dernière a des effets secondaires que je ne peux plus ignorer. Et si j'avais une grave lésion cérébrale ? Que je demeurais maboule pour toujours ?

Ma tête tambourine très fort à présent. Trop faible pour rester debout, je dois m'asseoir à même le sol. Tant pis pour l'élégance. Jacob me scrute, inquiet, limite affolé, et son regard soucieux est la dernière chose que je vois clairement avant mon retour à l'hôtel.

12 - SE FAIRE ENGUIRLANDER

Mon corps est à la fois brûlant de honte et transi d'avoir séjourné dans la neige.

Après mon moment de panique, je suis restée dans un état second. Assez pour que Jacob soit obligé de me raccompagner jusqu'à ma chambre d'hôtel. Bien que curieux, le réceptionniste n'a fait aucun commentaire lorsque nous sommes passés devant lui, et j'imagine qu'il attend de savoir si mon compagnon passera la nuit ici. Si l'agence apprend que j'ai fait monter un homme avec moi aux frais de la princesse, je ne donne pas cher de ma peau.

Adossée à la tête de lit, je regarde avec consternation mon visiteur se saisir de la bouilloire qui a fini de chauffer. D'un geste assuré, Jacob verse un sachet de sucre dans mon thé sans me laisser le temps de protester. Il remue le breuvage avec la touillette en bois, puis le pose sur la table de chevet, à côté de mon bracelet qu'il a réussi à retrouver.

Mon client n'a pas pipé mot pendant le trajet du retour et je lui en étais reconnaissante. Or, maintenant que je saisis toute l'ampleur de la situation, ce silence me pèse atrocement. Fidèle à lui-même, Jacob affiche sa bonne éducation, sans laisser deviner ce qu'il pense. Le souvenir qu'il m'a déchaussée avec précaution avant de m'ordonner de m'installer sur le lit me hante. Je ne sais plus à quel moment j'ai perdu le contrôle de ma vie. Ce dont je suis certaine, en revanche, c'est que mon enthousiasme s'est envolé très loin.

Je le remercie d'une voix misérable. Il se verse un thé à son tour, et tire un fauteuil près de moi.

— Tu as fait une sacrée crise d'angoisse. Pourquoi ce bijou est-il si important pour toi ?

J'attrape avec précaution l'anse de ma tasse et souffle sur le liquide pour me donner une contenance.

— Je suis désolée de m'être emportée de la sorte. J'aurais dû te prévenir qu'il s'agissait d'un cadeau dont je ne peux pas me séparer… même si parfois il m'irrite un peu.

Il soupire.

— C'est moi qui suis navré. Je t'ai embrassée sans m'assurer que tu étais libre de tout engagement. Si ce bracelet te lie à une personne en particulier et que tu as ordre de ne pas l'enlever, je ne te juge pas. Seulement, je n'aime pas partager.

— Je ne comprends pas.

Il passe une main dans ses cheveux, un air gêné sur le visage.

— Je ne connais pas ces pratiques, mais euh… je préfère les relations exclusives.

Estomaquée, j'assimile enfin ce qu'il est en train de bafouiller.

— Tu compares mon jonc à un collier de soumission ? Tu me crois adepte de BDSM !

Comment en sommes-nous arrivés là ? L'esprit de Noël m'a abandonnée, c'est certain. Que Jacob ne veuille pas réitérer son baiser parce qu'il trouve mon attitude bizarre, je le conçois. Qu'il regrette sa si jolie déclaration, c'est logique. Mais qu'il invente une excuse aussi farfelue, hors de question !

Je repose mon récipient avec brusquerie puis me lève avec précipitation.

— Ne cherche pas midi à quatorze heures ! Je suis libre comme l'air, et si tu regrettes ton geste, c'est tout à fait normal. Tu es mon client tant que tu n'as pas signé les papiers attestant que ma prestation a bien été délivrée, et…

Il me fait ravaler mes protestations en posant sa bouche sur la mienne. Je dois avouer qu'il a des arguments. Mon corps bascule involontairement vers lui tandis que la main de Jacob erre sur ma taille. J'aime bien quand il se perd ainsi. Moi-même, avec mon sens de l'orientation toute relative, je ne serais pas contre m'égarer sur son corps à mon tour. Durant un millième de seconde, je me demande si je fais une erreur. La saveur de Jacob est celle de l'interdit, mais il m'embrasse avec une telle ferveur que je me laisse dévorer bien volontiers. Il peut même m'avaler tout cru s'il le souhaite. Mes lèvres collées aux siennes, le temps semble se distordre au milieu de fourmillements de joie.

Je me croirais dans *Ania au pays des merveilles* ; avant de me rappeler que je suis Ania à l'hôtel Wilson. Embarrassée, je le lâche, à bout de souffle. On ne fricote pas avec les clients, et on ne jette pas de discrédit sur l'agence. Tel est mon leitmotiv d'habitude.

— Je le signerai, ton récépissé. Par contre, explique-moi l'histoire de ton bracelet, me lance ce perturbateur.

Gagner du temps ne me sauvera pas cette fois-ci. Prisonnière de mes neurones défaillants, l'angoisse me martèle les côtes. Je refoule ce qui ressemble à un début de panique et laisse échapper avec toute la désinvolture dont je suis capable :

— C'est plutôt cocasse. Mon père me l'a offert et je n'ose pas lui dire que je fais une réaction épidermique de temps en temps.

Je croise les doigts pour qu'il me croie, ce n'est qu'un pieux mensonge, après tout.

— J'ai réagi de manière exagérée, car je ne tiens pas trop le cognac. J'avais un léger mal de tête, et en plus, sous les lampadaires du parc, j'ai cru pleurer des larmes colorées. Tu vois le tableau…

Je ris de manière un peu forcée. Jacob, lui, ne partage pas mon hilarité. L'air extrêmement tendu, il disparaît dans la salle de bains, où je l'entends ouvrir et refermer le placard situé sous le lavabo.

— Qu'est-ce que tu cherches ?

— N'as-tu pas emporté de cachets avec toi ?

— Je n'aime pas ingurgiter des médicaments, même juste du paracétamol.

Il passe la tête par l'embrasure de la porte, reste ainsi quelques secondes. Ses yeux me dissèquent à tel point que je me sens comme une grenouille épinglée sur une paillasse de laboratoire.

— Et adolescente, tu n'as jamais essayé les drogues douces ?

— Je n'avais pas besoin de ça pour m'amuser !

— Ni récemment, pour te détendre ?

— Où veux-tu en venir à la fin ?

C'est fou comme il passe du coq à l'âne ce soir.

Il ne répond pas, se contente de revenir vers moi, et m'invite de nouveau à m'asseoir sur le lit. Son regard est étrange. Je ne sais pas pourquoi, je suis gênée.

— Souhaites-tu que j'appelle le médecin de garde ?

Je me fige sous le coup de sa question au ton si sérieux. Je sens qu'il perçoit qu'il y a autre chose. Me sentant fautive de lui mentir, je ne peux m'empêcher de détourner les yeux.

— Ce n'était rien, inutile d'en faire toute une histoire.

— Maintenant, ça suffit ! gronde Jacob. Soit tu me fais confiance et tu me racontes ce qui t'arrive, soit j'avertis ton agence que tu n'es pas en état de travailler.

Je laisse échapper une exclamation outrée. Le vicieux sait taper là où ça fait mal. J'avoue alors du bout des lèvres que je ne me rappelle plus à quoi sert mon bracelet ni comment joindre mon père pour le lui demander, que j'ai quelques trous de mémoire sans gravité occasionnés par un choc à la tête.

— Qu'en pense le praticien qui te suit pour ton amnésie ? Quand va-t-elle se résorber ?

Je me tords les mains.

— C'est-à-dire que… J'attendais la fin du contrat pour consulter mon généraliste.

— Comment ?! Tu es complètement inconsciente !

Son ton est monté de plusieurs octaves. S'il pouvait me tuer du regard, je ne serais déjà plus de ce monde.

Je renâcle :

— C'est juste que je n'aime pas les médecins. Tant que l'on n'y va pas, tout va très bien. Dès qu'on les voit, on ressort systématiquement avec quelque chose. En fait, je suis un peu comme une boussole qui aurait perdu le nord après avoir rencontré un très gros aimant. Ce n'est pas comme si les pôles s'étaient inversés, hein ?

Ma voix se brise. Je ne suis pas aussi bonne comédienne que je le voudrais, et je ne parle même pas de ma crédibilité de coach. Face à moi, Jacob demeure figé dans une colère mêlée d'incompréhension. À sa place, moi aussi, je me sentirais trahie. Sans aucun doute, c'en est fini de ma réputation ; il ne me reste plus qu'à préserver celle de l'agence. Je tente le tout pour le tout :

— Ta proposition de rompre le contrat est une bonne idée. Tu ne l'avais ni établi ni signé. Nous pouvons repartir chacun de notre côté et oublier ce petit moment d'égarement. Je demanderai à mon patron de rembourser ton frère.

Le grand blond me sonde du regard, laissant un lourd silence s'installer entre nous. Je suis tenaillée entre l'envie de chasser ce pauvre homme qui subit mes sautes d'humeur et celle de me lover tout contre lui. Les traits figés de fureur, il finit par tourner les talons pour sortir sans un mot. Sans même faire claquer la porte.

Je ferme les yeux et me frappe le front de dépit en m'affalant sur le lit. Comme je regrette cette soirée qui avait pourtant si bien commencé !

Je suis sur le point d'éteindre mon téléphone lorsque l'écran de ce dernier s'allume. Le nom qui s'affiche me fait l'effet d'un coup de poignard. Toutefois, forcée de répondre, je décroche pour entendre ma sentence.

— Tu ne t'en sortiras pas comme ça, m'annonce Jacob d'un ton impérieux. J'ai réfléchi, et voici ce qui va se passer : lundi matin, mon médecin donne des consultations sans rendez-vous. Il garde ce créneau pour les urgences, donc tu iras le voir. Ensuite seulement, je signerai ton document si précieux en indiquant que je suis satisfait de ta prestation. En définitive, tu as obtenu des avances, bien que tu ne sois pas mon type de femme, n'est-ce pas ?

Je botte en touche. Je ne souhaite pas m'étendre sur le sujet.

Il enchaîne :

— D'autre part, je suis un honnête citoyen. Je ne me rendrai pas coupable de non-assistance à personne en danger. Coach ou pas, je ne peux pas te laisser livrée à toi-même toute la journée de demain. Le dimanche, je vais voir ma grand-mère, et comme je suis certain qu'elle est dans le coup avec Jérémy, autant qu'elle te rencontre. Elle ne va pas être déçue !

Le téléphone collé à l'oreille, je ne dis rien. Je n'aime pas la tournure de ses phrases, mais je ne suis pas en mesure de faire la difficile. Jacob tient ma carrière entre ses mains et peut l'anéantir d'un claquement de doigts.

— Sois prête pour 14 h 30. Avec ou sans bracelet.

Il raccroche, me laissant seule avec mon désespoir.

Malgré l'heure avancée de la nuit, Jacob a tenu à mettre les points sur les i. Je ne sais pas si je dois en rire ou en pleurer. Mon (ex ?) soupirant me considère comme une paumée. Pétri de pitié, il tient à m'aider, au point de me chaperonner en m'emmenant chez sa grand-mère.

Je suis tombée bien bas…

13 - LES ANGES DE NOS CAMPAGNES

Ce matin, je me suis réveillée un peu vaseuse, et voilà qu'à présent, je tente de cacher mes cernes, armée de mon correcteur.

Les paroles de Jacob m'ont remuée, son inquiétude d'hier a exacerbé la mienne. Ne parvenant pas à m'endormir, j'ai surfé sur Internet jusque tard dans la nuit pour me découvrir atteinte d'une amnésie rétrograde partielle due à une commotion cérébrale. Quand mon corps a été ébranlé par le choc avec l'étagère du magasin, mon cerveau a ballotté contre les parois internes de mon crâne, ce qui a désorganisé tout mon petit monde de neurones. Et le fait que ma mémoire soit si sélective laisse supposer un blocage psychologique sous-jacent.

Je sais que j'étais contrariée au moment de mon accident : à coup sûr, ma matière grise a sauté sur l'occasion pour refouler ce qui me dérangeait. Je n'ai cependant pas poussé plus loin les recherches, car, de page en page, le diagnostic devenait de plus en plus grave. J'ai fini par fermer tous les onglets, le Web est trop anxiogène.

Ma besogne terminée, j'inspecte le résultat dans le miroir. Cela fera l'affaire. J'enfile mes cuissardes en similicuir par-dessus mon collant opaque et ajuste nerveusement l'ourlet de ma robe-pull. Ne m'en déplaise, la dernière phrase que j'ai lue tourne en boucle dans ma tête. « Lors d'un traumatisme crânien, l'amnésie peut être permanente dans 5 % des cas. » J'applique des techniques de relaxation et entame la respiration par le ventre. Inutile de paniquer. En principe, le cerveau se répare tout seul avec une bonne dose de repos. Certains symptômes durent une semaine à dix jours, d'autres persistent plusieurs mois si l'on tarde à écouter son corps.

Mon estomac se contracte douloureusement en même temps que mes abdominaux. À l'heure actuelle, je devrais être en arrêt maladie, au lieu de me soucier de ma réputation de coach, mais il est trop tard. Puisque je n'ai pas souhaité lâcher une mission sur une simple suspicion, je dois maintenant assumer.

J'attrape ma parka ainsi que mon sac à main. Il ne me reste plus qu'à trouver un fleuriste ouvert, histoire de ne pas aggraver mon cas en me pointant les mains vides chez la grand-mère de mon client. Enfin, s'il l'est encore. Je n'ai pas tout compris…

Jacob m'a confié que sa grand-mère n'affectionnait pas le centre de Dijon : bien trop bétonné, selon elle. Elle préfère séjourner à la campagne, à moins d'un quart d'heure de route de chez lui.

Je ne suis jamais contre une virée dans le terroir, mais cette sortie me laisse dubitative. Le grand blond qui conduit fait comme si rien ne s'était passé hier, comme si cette visite dominicale était tout à fait normale. Alors que moi, je bous intérieurement.

Au final, je ne sais même pas si l'on s'est mis d'accord. Le contrat est-il rompu, ou pas encore ? Va-t-il cafter à mon patron ? Sommes-nous un petit peu ensemble jusqu'à mon départ pour Lyon, ou la tentative est-elle définitivement avortée depuis ma crise d'hystérie dans le parc ? Jamais je n'ai été dans le flou à ce point et il est clair que je déteste cet état.

Je ne peux m'empêcher de le questionner :

— L'as-tu avertie de ma venue, au moins ? Et est-ce que tu lui as dit pour mon… amnésie ?

— Officiellement, je t'emmène pour que tu découvres où j'ai grandi, pour que tu puisses mieux me cerner en tant que coach. J'ai passé ton problème neurologique sous silence, je lui en parlerai uniquement si j'y suis obligé.

— Pourquoi te donnes-tu cette peine ?

— Il faut croire que j'aime les mystères. Et puis, il faut toujours aider les plus petits que soi, non ?

Son trait d'humour tombe à plat. J'imagine très bien le visage renfrogné que je dois lui renvoyer. Je m'enferme dans un silence buté tout en regardant défiler le paysage à travers la vitre, jusqu'à ce qu'une chanson que j'affectionne passe à la radio. Je me détends un peu, me mets à bouger les lèvres en cadence.

— Enya ? Ce n'est pas de notre époque, commente Jacob.

Je me tourne vers lui, un brin cassante :

— Ma mère écoutait cet album en boucle lorsqu'elle était enceinte. C'est resté inscrit dans mes gènes.

Un bref instant, son visage se voile d'une ombre avant de reprendre son air tranquille habituel. Aurais-je touché une corde sensible ?

— Nous allons chez ta grand-mère paternelle ou maternelle ?

— Maternelle. Je n'ai pas de père.

Arf ! Au lieu d'une corde sensible, c'est une grosse chaîne massive que j'ai touchée. Ses doigts agrippés au volant semblent le serrer plus fort. Les épaules raides, Jacob garde les yeux bien fixés sur la route.

— Je suis désolée, je ne voulais pas mettre les pieds dans le plat.

Il lâche un sourire crispé.

— Ce n'est pas un secret, il n'y a juste rien à en dire.

Puis il se ferme complètement et je n'insiste pas. La tension retombe d'elle-même de longues minutes plus tard lorsque nous arrivons tout en haut d'une montée. En contrebas, je peux deviner Dijon dans sa cuvette et le lac Kir tout proche. Jacob me précise que sa grand-mère habite dans le centre du vieux village, au sommet d'une butte. Là où il y avait un château avant.

Une jolie couronne de branches de sapin agrémentée de nœuds rouges trône sur la porte. J'affiche mon plus beau sourire quand cette dernière s'ouvre sur une femme pas plus grande que moi. Le visage avenant, elle a des joues rebondies et des yeux bleus lumineux, plus pâles que ceux de Jacob. Ses cheveux argent tressés sur le côté reposent sur sa poitrine, où veille une jolie broche en forme d'ange.

— Mamie, je te présente le cadeau de mon frère, annonce sans préambule mon camarade.

— Arrête avec ça ! Je ne suis pas un objet ! m'indigné-je.

L'agaçant personnage se contente de me répondre d'un sourire factice et je me tourne vers la dame qui me regarde avec une curiosité bienveillante.

— Techniquement, je ne suis pas le cadeau, mais la livreuse, et ma visite est officieuse. Votre petit-fils a insisté, je suis désolée de vous déranger pendant les préparatifs des fêtes.

— Jérémy t'a embauchée pour me rappeler les heureux moments passés en famille, te voilà donc à la source, madame la coach. D'autre part, je ne pouvais pas te laisser te morfondre à l'hôtel.

— Je peux me débrouiller toute seule.

— J'ai vu, oui.

Sourire ironique de sa part, silence gêné de mon côté. Sa grand-mère, qui n'a pas encore dit un mot, nous regarde, interrogative, puis semble se faire une raison quand Jacob effectue un vague signe de la main. Message codé pouvant tout aussi bien dire « peu importe » que « je te raconterai plus tard ».

Ne souhaitant pas être en disgrâce auprès de la maîtresse de maison, je lui tends un poinsettia en pot, aussi appelée étoile-de-Noël. Elle me remercie, les yeux brillant d'une joie sincère, la voix aussi douce que je me l'étais imaginée. Un véritable ange des campagnes.

Sans plus tarder, elle nous fait entrer dans sa maisonnette et me précise qu'elle se nomme Marguerite, mais que je dois l'appeler Maggie parce que c'est plus moderne. Jacob nous débarrasse de nos manteaux et, tandis qu'il cherche des cintres dans la penderie de l'entrée, sa grand-mère m'entraîne dans le salon pour y déposer sa plante.

Éblouie, je stoppe en plein milieu de la pièce.

— Votre sapin est magnifique !

Ses branches touffues aux aiguilles vertes et odorantes sont garnies de vrais sucres d'orge, des suspensions plus belles et uniques les unes que les autres foisonnent dans un chatoiement multicolore au milieu de guirlandes dorées.

Mon hôtesse soupire avec exagération.

— Malheureusement, Jacob m'a fait retirer plusieurs guirlandes électriques.

— Il est vrai que la notion de court-circuit t'est totalement inconnue ! lance ce dernier depuis le couloir.

L'air espiègle, Maggie m'adresse alors un clin d'œil et me glisse tout bas qu'il s'agit de la version officielle ; qu'en réalité, elle n'est pas gâteuse. Elle a juste trouvé l'astuce parfaite pour que son petit-fils décore l'arbre de Noël avec elle, comme lorsqu'il vivait ici. Elle se met ensuite à claironner :

— Peux-tu préparer le café, Jacobi-Wan ?

Je me retiens de rire à la révélation de ce diminutif de petit garçon fan de *Star Wars*. De là où je suis, j'entends mon client baragouiner dans la barbe qu'il n'a pas. Assez fort pour que l'on sache qu'il est mécontent, mais pas assez audible pour que l'on saisisse le sens de ses paroles. Décidément, cette petite dame me plaît.

À ce propos, un élément fait tilt dans mon cerveau :

— Je ne savais pas que Jacob avait logé chez vous…

Maggie prend le temps de caresser un pétale rouge de sa nouvelle plante avant de me répondre :

— J'ai élevé mes petits-enfants ici, avec feu mon mari et notre fille unique. Ma Sandra est tombée enceinte par accident malgré la prise de la pilule. Le fameux risque inférieur à 1 %. Elle a fait un déni de grossesse et on s'est retrouvés désemparés lorsque de violents maux de ventre l'ont conduite à la maternité. Ma fille est devenue maman à seize ans, du jour au lendemain, sans aucune préparation psychologique ou matérielle ni aucun retour en arrière possible.

La grand-mère de mon client regarde par la fenêtre, ses pensées tournées vers de lointains souvenirs.

— Le papa a fui, ma Sandra s'est effondrée. Celui qu'elle aimait ne lui rendait pas la pareille au point d'affronter ça avec elle. Avec mon mari, nous l'avons convaincue de garder cet innocent bébé et nous avons aimé Jacob comme notre propre fils. Il était si vigoureux, si curieux, un vrai petit ange !

Sur ces entrefaites, celui-ci pénètre dans le salon pour annoncer que le café est prêt. Prise en défaut, Maggie interrompt ses explications, en quête de son assentiment. Son petit-fils lui décoche un sourire triste, puis se tourne vers moi, les yeux perçants et le visage fermé.

— Autant qu'elle sache. Assidue comme elle l'est, Ania pourra ainsi affiner mon profil psychologique, assène-t-il, cynique.

À cet instant précis, si je pouvais me ratatiner au point de disparaître dans un trou de souris, je le ferais.

14 - LE DIVIN ENFANT

Dans mes petits souliers, j'observe Maggie poser une main apaisante sur le bras de son petit-fils, lequel se tient droit comme la justice. Soucieuse d'expliquer le passé sans honte ni hypocrisie, elle continue son récit.

J'apprends ainsi qu'une fois Jacob né, sa mère a souhaité reprendre le contrôle de sa vie. Ce bébé était pour elle un dommage collatéral qu'elle s'est empressée d'oublier dans un tourbillon de sorties nocturnes. Bien sûr, Maggie et son mari désapprouvaient son comportement, mais lui poser un ultimatum les aurait menés à sa perte définitive.

Mon cœur se serre. Jacob ne me quitte pas des yeux, impassible malgré ces terribles paroles.

Un soir, imbibée d'alcool chez des amis, Sandra a terminé dans la couche de l'un d'eux. Elle n'avait pas encore fait poser son stérilet, mais le jeune homme avait un préservatif sur lui. Cela aurait dû suffire, malheureusement le latex a cédé pendant l'acte. Deux mois après un accouchement-surprise, un autre bébé était en route. Parfois, le sort s'acharne. Pour la jeune Sandra, c'était une double peine.

La voix de Maggie se met quelque peu à trembler. Elle fait une pause pour s'asseoir, une main triturant nerveusement sa broche. Jacob ne bouge pas, la laisse décider de la suite. N'y tenant plus, je m'approche pour m'agenouiller devant elle.

— Vous n'êtes pas obligée de tout me raconter. Quoi qu'en pense votre petit-fils, mon travail n'est pas d'examiner mes clients au microscope. Je n'éprouve pas non plus de plaisir à remuer d'éprouvants souvenirs de famille.

Maggie m'effleure la joue avec délicatesse. Sa voix devient presque un chuchotement :

— Nous l'avons forcée à garder Jérémy aussi. À dix-sept ans, ma fille chérie souffrait d'être maman de deux enfants. Elle les aimait avec maladresse, tout en se haïssant pour sa naïveté, et parce que chacun de ses garçons lui rappelait un homme ayant croisé sa route le temps de prendre du plaisir, avant de l'abandonner. Elle nous a délégué leur éducation, se considérant plutôt comme une grande sœur. Je n'avais pas pu la préserver de ces coups du sort, je devais me rattraper avec mes petits-fils.

C'est au tour de Jacob de poser une main consolatrice sur l'épaule de sa grand-mère. Je capte son regard, et un tas d'émotions m'assaillent. Derrière son air pudique, je devine sa souffrance et lui suis reconnaissante de m'ouvrir cette part d'intimité. Il a vu ma faille. À présent, je peux voir la sienne. Sous couvert de ma présence en tant que coach, il instaure en fait un climat de confiance entre nous.

Maggie me livre qu'à la majorité de Jérémy, Sandra est partie avec le premier venu pour « rattraper sa jeunesse perdue ». À trente-cinq ans, elle est devenue une globe-trotteuse un peu hippie, expédiant une multitude de cartes postales. Je comprends mieux pourquoi Jacob est si casanier. N'avoir comme geste d'affection de sa mère que des enveloppes de temps à autre a dû le dégoûter des voyages.

Maggie et son mari n'avaient pas les moyens de payer des études aux garçons, ces derniers ont donc appris très tôt la valeur du travail. Jacob a monté sa propre agence après s'être taillé une expérience dans le milieu, et Jérémy, autodidacte en informatique, est devenu prestataire pour diverses entreprises.

— Ma Sandra est encore mal dans sa peau, conclut mon hôtesse. Elle revient parfois penaude pendant quelques jours, couvre ses fils de cadeaux et de compliments, avant de paniquer et de repartir pour un nouveau voyage palpitant. Jérémy ne veut plus la voir afin de ne pas perturber son enfant, Jacob accepte pour me faire plaisir.

Mon cœur fond un peu plus dans ma poitrine. Malgré une mère qui souffle le chaud et le froid, Jacob ménage sa grand-mère plutôt que lui. Je sais maintenant pourquoi son attitude est si sérieuse. Il s'est toujours senti responsable de son demi-frère, et dorénavant, de Maggie qui se retrouve veuve. Une telle abnégation ne laisse que peu de place à la fondation d'un foyer.

En outre, il est clair qu'inconsciemment, il choisit des petites amies qui ne risquent pas de tomber enceintes dans les mêmes conditions que sa mère. Des femmes très portées sur leur apparence au point de ne pas vouloir déformer leur corps ou, tout simplement, des compagnes comme son ex, Nathalie, qui assument leur envie de faire carrière. Le désir d'enfant n'est pas inscrit dans nos chromosomes, quoi qu'en dise la société bien-pensante.

Sous l'assaut du vent, un volet se met soudain à claquer avec entrain sur la façade de la maison, nous faisant tous sursauter. Maggie se saisit de ce prétexte pour se lever de son fauteuil et couper court à ses épanchements.

— Laisse, je m'en occupe ! annonce-t-elle à Jacob qui s'apprête à ouvrir la fenêtre.

Je profite du mouvement pour me rapprocher de mon client, esquissant un sourire de réconciliation.

— Entre tout l'amour que ta grand-mère a à donner et son goût pour la décoration, une soirée de Noël ici doit être grandiose.

Il se met à ricaner.

— Cela va bien au-delà de ça. Mamie a une vision particulière de cette fête. Selon elle, il existe une magie de

Noël depuis la nuit des temps qui sert de moteur à travers les âges.

Il jette un œil vers elle, mais cette dernière ne fait pas attention à lui, la tête au-dehors, le bras tendu vers son volet récalcitrant.

— Chacun a son propre dieu invisible. Le mien réside dans les grands mystères de l'univers tels que la matière noire et les trous de ver. Mamie, c'est ça. Elle n'est pas catholique, pourtant, pour rien au monde elle ne raterait la messe de minuit le soir du 24. Elle aime se lamenter sur le fait que les traditions se perdent et évoquer sa jeunesse, quand chacun s'attendait dans le village pour se rendre à pied à l'église.

— Les chants à l'unisson, la lumière des cierges, cet instant d'humilité et de communion… Maintenant, les églises sont vides parce que le dogme n'a pas évolué avec son temps, intervient Maggie en refermant la fenêtre.

— Ta grand-mère a raison, approuvé-je. Tout est lié.

J'ancre mes prunelles à celles de Jacob pour m'assurer de son attention.

— Tout repose sur une chose : la croyance au miracle. Celui de l'amour. Et il est plus fort à Noël, qui tombe sur une fin de cycle.

Il me fixe, dubitatif, regrettant visiblement d'avoir lancé le sujet.

— Les religions, par exemple, reposent toutes là-dessus. La foi en ce sentiment qui balaie tout le reste et nous ferait déplacer des montagnes. Ce n'est pas pour rien si, à travers le monde et les époques, on retrouve des similitudes dans les légendes. Les croyances prennent diverses formes, mais elles sont toutes impulsées par une dimension magique qui intervient ponctuellement…

Je ne m'aventure pas plus loin. La brûlure de mon bracelet me coupe dans mes explications. Je fais mine de tirer sur la manche en mohair de ma robe et en profite pour l'écarter de ma peau autant que je le peux. La manœuvre est délicate, Jacob a bien compris ce qui se passait. Il a raison, cela dit, je dois être masochiste à vouloir porter mon bijou quand même.

Je me rends alors compte que Maggie me fixe, stupéfaite par ce que je viens de dire. Je vais finir par croire que tous les Dijonnais me trouvent bizarre. Fait exprès, Jacob en rajoute une couche :

— Je t'avais dit qu'elle était barge pour tout ce qui touche à Noël.

J'ignore délibérément la pique et désigne la crèche du doigt :

— En tout cas, vous êtes pressée, Maggie. D'habitude, les gens attendent le soir du réveillon pour placer Jésus dans la crèche.

Elle balaie d'un revers de main ma dernière remarque.

— Ma p'tiote, avec un tel raisonnement, il ne faudrait rien installer du tout. Marie et Joseph ne se sont pas extasiés sur une mangeoire vide pendant des jours !

Face à sa réplique, je reste bouche bée, puis éclate de rire lorsque je croise le regard amusé de Jacob. Avec un air de conspirateur, il se penche vers moi pour me chuchoter tout près de l'oreille :

— Tu vois, elle a sa propre logique, elle aussi.

Son souffle me caresse la nuque, y déclenche un frisson. Pourtant, il ne fait pas froid.

— Jacob Axel Thibaud Gauthier ! Cesse de critiquer ta pauvre grand-mère et mène donc cette jeune fille à la cuisine. À c't'heure, le café est froid.

Hilare après la citation de son état civil complet, je m'empresse de le suivre jusqu'à la cuisine. Ce n'est qu'une fois face à la table de formica blanc que je me demande ce que je fais là.

Jacob me tire galamment ma chaise. Je lève les yeux vers lui pour le remercier et c'est alors une évidence. Le sens de ma venue se tient devant moi. J'ai beau me faire violence depuis le début de cette mission, je suis incapable de garder un minimum de distance avec mon client.

Mon regard perdu dans ses iris déconcertants, je peux affirmer avec certitude que le bleu est ma nouvelle couleur préférée.

15 - COMPLÈTEMENT GIVRÉE

Nous sommes dimanche. Je ne suis officiellement pas en service et je tente de me convaincre qu'il est tout à fait normal de prendre le café chez la grand-mère d'un de mes clients. Même si je suis assise à côté dudit client, que nos cuisses se touchent presque, et que mon cœur bat plus vite que d'ordinaire au moindre effleurement de sa part.

À part cela, je me sens bien. Le café est encore chaud grâce à la verseuse isotherme, et l'atmosphère qui règne chez Maggie est unique. Un sentiment de quiétude. Une douce chaleur. Comme celle qui naît au creux de mon ventre quand son petit-fils parle de sa voix grave.

Mais qu'est-ce que je raconte ?

— Parle-moi un peu de toi, m'invite la Dijonnaise qui remplit nos tasses. Tes parents sont-ils proches ?

Encouragée par son accueil tout en simplicité, je me laisse aller à lui raconter l'anecdote de leur rencontre, lorsque tous deux se sont retrouvés sur le même stand du Secours populaire, dans une galerie marchande en pleine période de Noël. Bénévole pour emballer les présents, c'était la première fois que ma mère maniait le papier cadeau, contrairement à mon père, habitué à ce genre d'activité. Le courant est immédiatement passé entre eux et leur coup de foudre s'est confirmé après un fou rire en plein travail. Contrainte d'emballer une peluche, ma mère s'était quelque peu empêtrée. Elle avait rendu un paquet horrible à une dame pas ravie de se délester d'une pièce pour un tel résultat.

— Et depuis, ils ne se sont pas quittés, terminé-je. Enfin, je veux dire…

Emportée par mon enthousiasme, je n'ai pas vu le mur dans mon esprit avant de le percuter de plein fouet. Je bredouille, malheureuse :

— Ils n'habitent pas ensemble, mais n'ont jamais cessé de s'aimer.

— Oh, je vois ! intervient Maggie. Ils font partie des nouveaux couples : ensemble, mais chacun chez soi.

— Oui, soufflé-je, les yeux plongés dans mon breuvage.

À cet instant, je maudis ma mémoire capricieuse et la vision décousue de mes souvenirs. Jacob me crochète les doigts sous la table. Il ne dit rien, ne tourne même pas la tête vers moi. Il exerce une légère pression, puis me lâche aussi vite. Néanmoins, ce simple contact me réconforte. Cette fois, c'est une vraie trêve entre nous. Une façon de me dire qu'il ne balancera pas mon amnésie à sa grand-mère. Du moins, pas encore.

Maggie dépose un gâteau sur la table. Le préféré de Jacob, selon elle : fondant au chocolat et crème anglaise. Le tout fait maison, bien entendu. Comme si cela ne suffisait pas, elle y joint une coupelle emplie de chocolats.

— Jacobi-Wan, je te laisse faire le service.

Je salive devant la grosse part que Jacob découpe pour sa grand-mère, me répète tel un mantra que le cacao n'est pas bon pour moi. Remarquant mon malaise, mon camarade me sert un perfide sourire en même temps qu'un morceau de gâteau. Apparemment, il ne croit pas à l'allergie que je lui ai déclaré avoir, au marché de Noël.

Sous les yeux insistants de Maggie, je me mordille la lèvre. Je n'ose pas lui avouer que je ne peux pas goûter la pâtisserie qu'elle s'est embêtée à cuisiner.

— Tu sais, mamie, lance Jacob, narquois, Ania fait partie de ces filles qui cherchent à perdre un os pour ressembler à un ramassis de pixels *photoshopés*.

— Mais non ! protesté-je avec agacement. Je t'ai déjà expliqué que ce n'est pas un régime. Ma petite taille limite ma tolérance au sucre, c'est tout.

Il ne dit rien, son horripilant air moqueur affiché sur le visage et je ne sais pas pourquoi, c'est la provocation de trop. Je craque sous les yeux ahuris de sa grand-mère :

— Oh et puis zut ! Pompon sur la banquise !

Comme dans un rêve, je vois l'éclat argenté de ma petite cuillère s'approcher de ma bouche. L'autre idiot glousse avec son ancêtre, mais je n'en ai cure, seul compte ce goût de cacao et de vanille que Maggie a ajoutée dans sa crème. Je ferme brièvement les yeux, les papilles en extase, puis termine mon assiette avec application.

Mon hôtesse me demande si j'en veux encore. Je refuse poliment, non sans jeter un regard noir à mon voisin. J'engouffre juste un escargot, en version pralinée.

Mort de rire, Jacob m'essuie le coin de la bouche.

— Tu t'es tellement goinfrée que tu en as partout.

— La faute à qui ? maugréé-je. C'est toi qui as insisté !

Je surprends le regard en biais de Maggie. Et voilà, grillée ! Sans aucun doute, elle devine que si son petit-fils se permet une telle familiarité avec moi, c'est que nous n'en sommes pas restés à une relation strictement professionnelle.

Je suis un peu euphorique. Si j'avais bu, je pourrais croire que je suis pompette. Le fait est que je passe réellement une super après-midi chez Maggie.

Si le poste n'était pas déjà pourvu, cette femme pourrait être la mère Noël. Elle est selon moi l'incarnation de la malice et de la bonté réunies. En sa compagnie, je sens des émotions enfantines remonter, comme si un barrage avait cédé. Il y a tellement de bonnes ondes chez elle, d'amour, de joie de Noël… Je me sens libérée d'un poids que je n'arrive pas à définir.

Après le goûter, j'ai souhaité l'aider à faire la vaisselle, mais elle a décliné, affirmant que je semblais un peu trop survoltée pour effectuer la tâche sans faire de casse, et m'a invitée à aller prendre l'air un moment afin de découvrir le charme de son jardinet.

Je ne suis pas née de la dernière neige. J'ai bien vu à la façon dont elle avait de rouler les yeux qu'elle souhaitait s'entretenir en privé avec Jacob. Et leurs regards en coin m'ont confirmé que c'était de moi qu'ils allaient parler.

En fin de compte, peu m'importe. Cette sortie me permet de faire la connaissance de son charmant voisin : des cheveux bruns qui dépassent d'un bonnet, de jolis yeux verts et un sourire mutin. Pierre est vraiment sympathique. Ni une, ni deux, nous avons commencé à discuter puis il m'a invitée à le rejoindre dans son propre jardin. Sans hésitation aucune, j'ai enjambé le muret qui sépare les deux propriétés.

Me voici maintenant dans l'endroit préféré de Pierre, celui où il aime se retrouver dès qu'il le peut, avec vue sur la rue, de l'autre côté de la clôture. Je suis touchée par cette marque de confiance. Il m'a laissée entrer dans son espace privé, bien que je sois une inconnue.

Pierre me propose un cappuccino que j'accepte avec plaisir. Je ne risque pas de faire une overdose de caféine. Tous deux assis sur sa grosse couverture posée à même le plancher, nos tasses en plastique à la main, nous nous lançons subitement dans un concours de grimaces.

Entre deux éclats de rire, j'entends Jacob m'appeler de la maison d'à côté. Un doigt sur les lèvres, je fais signe à mon compagnon de ne pas faire de bruit. En silence, nous nous approchons de l'ouverture faisant office de fenêtre et, nos têtes collées l'une contre l'autre, observons le grand blond inspecter le jardin. Ce dernier suit mes traces dans la neige jusqu'au muret, avant de lever la tête.

Nous nous reculons précipitamment en pouffant.

— Ania, que fais-tu là-haut ? Laisse Pierre tranquille et reviens, s'il te plaît.

Pff. Jacob est jaloux que je m'entende si bien avec le voisin. Lui, au moins, ne tique pas à chacune de mes expressions et ne me fait aucun reproche quant à mon bracelet. Il s'est même montré très intéressé lorsque je l'ai laissé voir mon jonc qui, aujourd'hui, semble s'affoler tout seul. Il passe par toutes les couleurs du prisme et je suis certaine que ce n'est pas une hallucination. (Même s'il est vrai que je suis de plus en plus extatique, peut-être l'effet tant redouté du chocolat.)

Je me poste à l'entrée de la cabane en bois où nous sommes perchés et tire la langue à Jacob.

— Tu n'as qu'à venir me chercher.

Un air lugubre sur le visage, il me fusille du regard.

— J'aurais mieux fait de me casser une jambe plutôt que de t'emmener ici, grogne-t-il en venant à notre rencontre.

Sa voix dominatrice et ses grandes enjambées furieuses ne me disent rien qui vaille. Nous échangeons un regard avec Pierre et nous nous comprenons immédiatement. Il est si mature pour ses six ans ! Sans perdre un instant, nous façonnons un maximum de munitions avec la neige qui se trouve sur la plateforme. Ensuite, accoudés à la barrière de sécurité, nous bombardons joyeusement Jacob qui grimpe à l'assaut de notre refuge. Qu'est-ce qu'on rigole !

— Au secours ! La tour de contrôle est attaquée par le géant des neiges !

Notre duo d'enfer se défend bien, Pierre est un sacré sniper. Cette canaille est un parfait partenaire de jeux.

L'envahisseur à présent trop près, nous reculons dans le fond de l'abri. Jacob a du mal à y rentrer sa carrure, mais finit par me ceinturer et me tirer de force hors de notre QG. Ignorant mes protestations outrées, il gronde gentiment Pierre : ses parents ne seraient pas contents qu'il fasse monter n'importe qui dans sa cabane. *Eh oh ! Il parle de moi, là !*

J'ai beau gigoter comme un diable, Jacob ne lâche pas prise. Il descend l'échelle de corde avec précaution, mon poids plume entravant à peine ses mouvements.

Arrivé en bas, il me pose sans ménagement par terre pour arranger ma tenue. Ma parka était ouverte et ma robe remontée jusqu'en haut des cuisses, conséquence de mon agitation avec Pierre. À la grimace qu'il fait en me tirant vers la maison de Maggie, je suppute que je dois être échevelée.

Pour le coup, son exaspération m'agace aussi. Ce n'est pas un crime d'être sociable quand même ! Bien décidée à ne pas le laisser gagner, je me vautre à ses pieds et prends une voix geignarde :

— Je ne peux plus marcher, j'ai été touchée par l'adversaire.

Il m'épingle d'un regard noir, les poings serrés d'énervement.

— Cesse tes idioties, tu n'as pas l'âge !

— On a l'âge que l'on veut bien se donner.

Jacob souffle de mécontentement et capitule. Il se baisse pour enrouler avec brusquerie mes bras autour de son cou et soulève mes petites jambes pour me porter. Suspendue à mon kidnappeur, je fourrage dans ses cheveux mouillés par la neige qu'il a reçue en paquet et respire avec délectation son odeur.

— Mmm.

Je le sens se raidir, j'ai pensé tout haut. Dérangé par mon attitude, il change de tactique et me charge sur son épaule comme du vulgaire bétail. La tête en bas, je me vexerais presque, mais la vue plongeante sur son fessier rebondi m'en dissuade très vite. Je me repais un instant du spectacle, avant de me souvenir de mon compagnon abandonné.

Désappointé, Pierre nous observe du haut de sa cabane.

— On a perdu la bataille, mais pas la guerre ! crié-je. Je vais m'infiltrer chez l'ennemi.

— Calme-toi, Ania ! Je sais que tu as gardé ton âme d'enfant, mais là, tu en fais trop. Ma grand-mère va avoir des ennuis si tu continues de te comporter ainsi avec le fils des voisins.

La dernière chose que je vois avant de rentrer est une petite main gantée décorée des Avengers qui me fait coucou.

16 - ILLUMINATIONS

De retour dans le salon, le grand blond me lâche sur le canapé sous le regard désolé de sa grand-mère.

— Je l'ai retrouvée survoltée dans la cabane de Pierre.

Je cherche le soutien de mon alliée :

— Jacob est un rabat-joie, Maggie ! Il ne m'accepte pas comme je suis. Ce n'est pas parce-que je suis différente que je n'ai pas le droit d'être heureuse, hein ?

Ma voix est heurtée, comme si j'avais un profond problème. Quelque chose me turlupine, sur lequel je n'arrive pas à mettre le doigt.

— Écoute-la, mamie ! Elle n'est pas dans son état normal, ses propos sont incohérents.

— Peut-être qu'elle ne plaisantait pas. Il se peut qu'elle fasse une mauvaise réaction au chocolat, une sorte de saturation qui désinhibe une partie du cerveau…

Haussement de sourcils de la part de Jacob. Manifestement, il trouve ce raisonnement tiré par les cheveux.

— Vrai ou pas, nous ne pouvons pas laisser la p'tiote dans cet état. Veille à ce qu'elle ne se blesse pas, je vais lui chercher un verre d'eau.

Quand je disais que je l'aimais bien, cette petite dame ! De retour avec la boisson promise, Maggie décrète qu'elle nous garde à manger ce soir, que je dois rester en observation plusieurs heures.

Mon camarade pousse un soupir irrité tandis que je m'extasie à cette bonne nouvelle. Jouer dans la neige avec un bambin inconnu m'a fait gagner un repas, il va falloir que je retienne la technique. Je tapote la cuisse de mon client et lui souris de toutes mes dents, contente de moi. Un éclat singulier s'allume dans son regard. Il ne se dérobe pas, mais lâche entre ses dents que je ne suis clairement pas un cadeau.

Quelque peu froissée par sa remarque injustifiée, je rumine en mon for intérieur, jusqu'à ce que mes yeux s'arrêtent sur l'arbre de Noël de Maggie. Je souris avec malice. Jacob a tort de me traiter comme un parasite, et je vais le lui prouver.

Je m'empare du plaid rouge posé sur le dossier derrière moi, m'y enroule avec dignité. Pareil à un joli bonbon emballé, je me lève et louvoie entre les meubles. Je me fais l'effet d'un bateau tanguant en pleine tempête sous les yeux saphir du dieu orage.

— Que fais-tu ? tonne ce dernier.

— Eh bien, toi qui aimes le concret, je te montre que je suis littéralement un cadeau, minaudé-je en m'allongeant sous le sapin.

Air peiné de Maggie, mine excédée de Jacob. J'ignore le silence atterré qui succède à ma réponse, et pousse un soupir d'aise. La place est idéale. Au-dessus de moi, les lumières multicolores clignotent, leurs reflets jouent sur les jolis globes en suspension. L'odeur des aiguilles m'apaise. J'aime cette ambiance.

À côté de sa grand-mère, Jacob me regarde d'un drôle d'air. Décidément, il a du mal à donner du sens à ce qui l'entoure. Il faudrait peut-être que je prolonge son contrat…

— Tu comptes rester là longtemps ?

— Le temps qu'il faudra, susurré-je en tendant les doigts vers un sucre d'orge qui me fait de l'œil.

Hélas, mon geôlier m'arrête net de sa voix pleine de réprimandes :

— N'y pense même pas ! Il est hors de question que tu ingurgites une friandise de plus, je devrais te faire interner.

Tout de suite les grands mots ! Je ne réplique rien, par respect pour Maggie.

La maîtresse de maison annonce qu'elle va voir ce qu'elle a en réserve pour le repas de tout à l'heure. Je ferme les yeux. Une petite sieste ne serait pas de refus. Je me mets à fredonner la berceuse que me chantait ma mère le soir de Noël :

— Douce nuit, sainte nuit. Tout est calme, plus de bruit…

J'ai alors un flash, avec le mal de tête habituel qui l'accompagne. Je vois mes parents, le matin de Noël, les cadeaux au papier brillant, nos yeux qui scintillent plus encore. Notre bonheur d'être enfin ensemble. Ces souvenirs sont à la fois pleins de joie et de tristesse. Le plus grand regret de mon père est de ne jamais avoir pu se libérer, les soirs de veillée. Maman comprend, moi beaucoup moins. Papa s'offre de temps à autre un séjour de quelques semaines chez elle, avant de repartir vivre ailleurs, et c'est ainsi depuis le début de leur relation.

Mon passé s'efface, vision trop fugace. Le sol est dur soudain. Les aiguilles me griffent, je grelotte. Un peu courbaturée, je me redresse péniblement avec une sensation de gueule de bois.

Je capte mon reflet dans le miroir du vieux buffet de Maggie. La chevelure hirsute, les joues rouge pivoine, je ne me reconnais pas. Mon poignet droit est enserré de manière encore plus étroite par mon bracelet ; comme si celui-ci avait rétréci avec mon bon sens. Mais qu'est-ce qui m'a pris ? J'ai carrément disjoncté après le goûter. Une crise de délire sans avoir bu.

J'avance à pas lents jusqu'au canapé. Là où Jacob me regarde approcher de ses yeux de faucon, en plein repérage de proie. Et moi, pauvre petit mulot, au lieu de m'enfuir, je m'affale à ses côtés.

— J'avais bien dit que je ne digérais pas le cacao, ânonné-je.

— Tu es de nouveau toi-même ? me demande-t-il avec méfiance.

— Je crois. Je ne sais pas quoi dire tellement je suis désolée… et gênée.

Mortifiée même. Chez sa grand-mère en plus ! Pas de doute, je vais commencer la nouvelle année en pointant au chômage.

— Tu as pris quelque chose avant de venir ?

— Comment ça ?

Inquisiteur, le blond ne répond pas. Il me détaille avec froideur.

— Prends-tu un traitement quelconque au quotidien ? Fumes-tu occasionnellement ?

Je fais une grimace.

— Je déteste l'odeur du tabac. Oh, mais attends !

Je bondis du canapé pour le toiser de ma petite hauteur.

— C'est la deuxième fois en vingt-quatre heures que tu te permets des insinuations ! Au lieu de tourner autour du sapin, crache le morceau : traite-moi de droguée puisque c'est ce que tu penses !

Attirée par mes cris, Maggie fait irruption dans le salon. De rouge de honte, je suis passée à écarlate de colère, tandis que j'invective son petit-fils.

— Je suis NAVRÉE d'être la SEULE de toute la planète à faire une telle réaction au chocolat, mais c'est ainsi ! Ne cherche pas à m'enfoncer en m'inventant des problèmes que je n'ai pas. Je me demande bien pourquoi tu as voulu m'emmener ici, si ce n'est pour me pousser à la faute professionnelle !

Je hais les trémolos dans ma voix. Les nerfs en pelote, je me tourne vers mon hôtesse.

— Je ne mérite pas votre gentillesse, Maggie. J'ai été une calamité sur pattes pendant mon moment d'euphorie. Je suis désolée d'avoir chamboulé votre dimanche en famille. Jacob va me ramener à mon hôtel.

Ce dernier acquiesce et se lève. Sa grand-mère s'interpose.

— Non. J'ai prévu de vous faire dîner, le lapin est déjà sorti du congélateur. Nous sommes sous mon toit, c'est moi qui décide.

J'ouvre la bouche pour protester, avant de la refermer aussitôt sous la menace des yeux de Maggie. À mon avis, on ne gagne rien à s'opposer à cette femme de caractère.

La grand-mère de mon client ajoute qu'une bonne douche devrait me remettre les idées en place. Elle m'entraîne vers la salle de bains, m'indique où trouver des serviettes propres, et m'y laisse, avec pour ordre de me détendre avant le repas.

Engluée dans cette situation kafkaïenne, je reste un moment indécise. Je suis sans voiture, à une dizaine de kilomètres de mon hôtel, dans un village que je ne connais pas. Je dépends donc du bon vouloir de Jacob pour rentrer en un seul morceau. Heureusement pour moi, je n'ai pas détecté chez lui de signes laissant penser qu'il serait un psychopathe tueur de coach.

La seule option que j'ai pour le moment est de me rendre de nouveau présentable. Face à cette conclusion, je reviens sur mes pas afin de récupérer la brosse à cheveux pliable que je garde toujours dans mon sac à main. Remontant le couloir vers le salon, j'entends Jacob et Maggie en pleine conversation dans le hall d'entrée.

— Arrête, mamie ! Ses sautes d'humeur ne peuvent pas venir d'une intolérance au cacao.

À n'en pas douter, ils parlent de moi. Je m'adosse au mur et tends l'oreille, dissimulée par le coude que forme le couloir.

— Sa passion pour les fêtes de fin d'année va au-delà de toute raison. C'est une vraie fanatique de Noël, au point de détourner des expressions. Et ses yeux… Si tu les avais vus hier soir ! Elle avait des larmes teintées d'or. À part des cas cliniques très rares de larmes de sang, je n'ai jamais rien entendu de tel. C'est peut-être dû à une nouvelle drogue sur le marché.

Je retiens mon souffle et rentre le ventre dans l'idée de me fondre avec le Placo.

— Voyons, Jacob, ton Ania n'a pas le profil d'une toxicomane.

— Alors, de quelle manière expliques-tu tout ça ? Par moments, elle s'enflamme pour un sujet, et parfois, elle a des moments d'absence qu'elle met sur le compte de la fatigue. Comme si elle avait pris une dose avant que les effets ne retombent. Je n'ai pas vu de flacons suspects ou de poudre dans sa chambre d'hôtel, mais elle aurait pu les cacher n'importe où !

Mon cœur s'affole, ma respiration s'accélère. Jacob me prend pour une camée.

La drogue. Cette substance psychotrope qui agit sur le système nerveux central. Une addiction qui affecte les pensées et le comportement, tout en intensifiant les émotions. Y aurait-il une part de vérité dans son hypothèse ? Le doute frappe ma conscience. Je me plaque un peu plus contre le mur, effrayée à l'idée que l'on me surprenne à écouter aux portes.

— Ne pourrait-elle pas être droguée à son insu ? l'interroge Maggie, pleine d'espoir.

— J'y ai pensé. J'ai même cru un instant que son bracelet était le signe d'appartenance à un groupe criminel, une sorte d'esclavage moderne. Elle est tellement obsédée par ce bijou ! À devenir hystérique en quelques secondes parce qu'il s'agit selon elle d'un cadeau de son père. Celui qui ne vit pas avec sa mère alors qu'ils s'aiment depuis toujours…

— C'est atypique, mais plausible. Nous n'avons pas à juger le choix des autres, Jacob, même si tu as tendance à vouloir que tout soit carré dans la vie.

Il soupire et baisse la voix. Je dois m'approcher un peu plus pour saisir la suite.

— Ania m'a avoué subir des pertes de mémoire très sélectives concernant son père et elle ne sait pas comment le contacter. Je crois qu'il s'est passé un événement traumatisant avec lui. Récent, ou en rapport avec son enfance, je ne sais pas. J'ai l'impression qu'elle l'idéalise. Je l'ai compris quand elle t'a parlé de ses parents tout à l'heure. Ça expliquerait le transfert qu'elle fait sur son bracelet. Elle semble ne pas accepter qu'il soit absent. Son addiction pourrait venir d'un deuil difficile à surmonter, elle aurait perdu pied…

— Tu vas chercher loin !

Tout à fait d'accord ! En plus de m'avoir balancée, Jacob commence à me faire flipper. Je sais que papa est bien vivant. Il ne vit pas dans le même monde que nous la majorité du temps, c'est tout.

Je capte un froissement, imagine Maggie qui se rapproche de son petit-fils pour lui saisir les mains.

— Dis voir, pourquoi te démènes-tu autant pour elle ? Toi qui es si intransigeant sur la conduite à tenir en société ? C'est bien la première fois que tu m'amènes quelqu'un à l'improviste qui ne soit pas ta petite amie officielle. Et, qui plus est, te crie dessus sans que tu bouges le petit doigt.

— Je ne peux pas appeler son agence sans lui attirer des ennuis. Elle est dans le déni et se met en danger, mamie. Je préférais l'avoir à l'œil, le temps que les dernières traces de stupéfiant quittent son organisme.

— Je ne parle pas de ça, Jacobi-Wan. C'est ton jardin secret ici. Pourquoi une inconnue ?

— Parce que c'est du gâchis. Elle est intelligente et pleine de vie. Elle aime rire, boire, manger, elle a de vraies valeurs. Ania se fiche du regard des autres et ne se gêne pas pour me dire ce qu'elle pense tout en élégance. Tu devais la rencontrer.

Silence. Je me demande si Maggie est aussi consternée que moi. Je parierais toutefois que son cœur n'est pas en train de la consumer, à l'instar du mien.

— Je n'ai plus de laurier. Peux-tu aller en demander aux voisins ? Tu en profiteras pour les rassurer quant à la présence d'Ania. Je suis sûre que Pierre a apprécié jouer avec elle.

— Je ne voulais pas te l'imposer. Je peux encore repartir avec elle.

— Ne dis pas de sottises ! Elle me plaît cette p'tiote. Un peu bizarre, certes, mais si pétillante. Laissons-lui une chance, je la sens sincère. Elle est mignonne en plus.

— Elle est très belle, oui, mais là n'est pas la question.

Je perds le fil de la conversation un instant. Jacob me trouve très belle. Pas besoin de drogue pour planer.

Je sursaute, rattrapée par la réalité. Me droguerais-je vraiment sans m'en rendre compte ? Un afflux de panique tente de me submerger. Je résiste, ma volonté est mon dernier rempart avant la folie.

La porte du placard d'entrée s'ouvre, Jacob doit s'emparer de son blouson. Je recule à pas de loup pour ne pas trahir ma présence.

— Elle me captive, mamie, murmure alors mon client. Je ne sais pas pourquoi. Ce n'est pas mon genre, d'habitude.

Je stoppe sous le coup de ces paroles. Mon cœur fait du trampoline dans ma poitrine, manque plus qu'un cheval d'arçons et je suis foutue. Je reste médusée. Avoir développé une attirance pour moi en si peu de temps, tout en me prenant pour une dingue, cela tient du miracle.

— Ça tombe bien, ton genre habituel ne te va pas, réplique ma Dijonnaise préférée.

Je ne m'attarde pas davantage, il est temps de mettre les voiles. Direction la salle de bains, histoire de me rafraîchir les idées. Je rebrousse chemin en courant sur la pointe des pieds. Tant pis pour ma brosse à cheveux.

17 - L'ÉCLAT IRRÉEL D'UNE BOULE À NEIGE

Je ne sais toujours pas de quelle matière est fait mon bracelet, car aucun poinçon n'est visible. Je préfère toutefois le quitter pour me laver, par peur qu'il ne s'oxyde. Ouvrant le fermoir afin de déposer le jonc au bord du lavabo, j'en profite pour m'examiner dans le miroir.

Nue dans la salle de bains de Maggie, je m'observe sous toutes les coutures, à la recherche d'une trace quelconque de piqûre de seringue ou autre bizarrerie. La teneur des échanges entre mon client et sa grand-mère ne me laisse pas tranquille. Mon instinct me souffle que je ne suis pas une droguée, alors que ma matière grise est aux abonnés absents. Elle lance une recherche, puis mouline de longues minutes avant d'afficher : *Error 404*. Mon vieil ordinateur de bureau n'aurait pas fait mieux.

Je m'approche encore plus, soulève mes cheveux pour inspecter ma nuque sous la lumière des spots, et finis par abandonner. Pas de tatouage, pas de tache de naissance, pas même une cicatrice. Rien. Aucun signe distinctif. *Ania Roche, tu es une personne tristement banale.*

Avec un soupir las, je monte dans le bac de douche. Poussant le thermostat au maximum, je laisse l'eau presque bouillante détendre mes muscles. Je ferme les yeux et effectue quelques grandes inspirations. La tension accumulée ces dernières heures complètement folles parvient petit à petit à se dissiper. Maggie avait raison. Rien ne vaut un bon décrassage pour se sentir de nouveau soi-même. Je resterais bien sous le pommeau toute la soirée, cependant je n'ose pas faire durer la douche plus que nécessaire. Ma pauvre hôtesse pourrait faire une crise cardiaque devant la note d'eau.

Fraîche comme une rose, je suis en train d'ajuster mon soutien-gorge quand la porte s'ouvre en grand derrière moi. Je me retourne avec un cri strident, ce qui fait sursauter l'intrus qui ne s'attendait pas à ce qu'il y ait quelqu'un dans la pièce.

— Non, mais faut pas te gêner, hein ! lancé-je, furibonde, à Jacob.

La main encore sur la poignée, ce dernier pivote d'un quart de tour avec un air crispé et baisse les paupières.

— Tu peux te couvrir, s'il te plaît ? coasse-t-il.

Allons donc ! C'est lui qui dérange, et c'est à moi de faire un effort ! Au lieu de ressortir, il me demande d'arranger ma tenue !

Oui, enfin, quand je réalise ce que cela signifie, dans quelle délicate position je me trouve, j'obtempère immédiatement. J'attrape le premier truc à portée de main : le peignoir en éponge rose à grosses fleurs bleues de sa grand-mère. La honte de ma vie. Il ne me reste plus que l'humour pour sauver ma dignité.

— Mon corps éblouissant de déesse est à présent dissimulé. Tu peux rouvrir les yeux, annoncé-je avec solennité. Le risque de te brûler les rétines est écarté, simple mortel.

Ses magnifiques iris plongent dans les miens. Le bleu est différent, comme assombri. Par du désir peut-être ? Je ne serais pas contre, comme en atteste ma respiration saccadée. *OK, Ania, arrête de te faire des films.*

Je chasse les images mentales qui s'imposent à moi, pour me recentrer sur l'essentiel : mon job. Cela fait presque quarante-huit heures que je n'ai pas endossé mon rôle de coach et le résultat est catastrophique. Il est temps que je me reprenne.

— Surprendre les honnêtes demoiselles de la sorte ne fait pas partie des techniques recommandées pour trouver chaussure à son pied.

Figé sur le pas de la porte, Jacob reste dans sa position bizarre, me tournant presque le dos. Seuls ses yeux sont braqués sur moi.

Il se met à maugréer :

— J'ai entendu mamie parler dans le salon, je croyais qu'elle était avec toi.

— Elle doit être au téléphone.

— De toute façon, quand on n'est pas chez soi, on ferme la porte à clé.

— Sauf que le verrou est coincé ! D'où la serviette accrochée à la poignée, de l'autre côté du battant !

Ouh là, Ania, tu commences à monter dans les tours.

Le grand blond me regarde, incrédule.

— Comment ?!

— *Dirty Dancing !* C'est comme ça que Robbie signale qu'il ne doit pas être dérangé. Tu sais, quand la sœur de Bébé le surprend dans son bungalow...

Il secoue la tête.

— Fallait que ça tombe sur moi. Je vais me laver les mains à la cuisine.

Et voilà, il bougonne, une fois de plus. Je n'ai pas le temps de le rembarrer qu'il sort déjà en faisant claquer la porte derrière lui.

Bon. Cela fait deux mauvaises nouvelles. D'une part, cet ignorant ne connaît pas ses classiques. D'autre part, je l'ai plus effrayé qu'ébloui dans mes sous-vêtements, vu l'allure à laquelle il s'est sauvé.

Pourtant, il a de la chance, le bougre ! Il n'est pas tombé en période de règles, pendant laquelle je porte une basique culotte de coton noir (le prix de la lingerie étant tellement exorbitant, je ne prends pas le risque de tacher mes jolis dessous). Au contraire : aujourd'hui, j'exhibe un bel ensemble assorti rouge et noir. Un soutien-gorge agrémenté de dentelle avec un shorty transparent. Et malgré tout, Monsieur fait le difficile. Au lieu d'un « waouh, quelle nana », il me gratifie d'un « fallait que ça tombe sur moi ». Génial. Mon ego en prend un coup. Je ne suis pas hyper canon, mais tout de même… Un minimum présentable. D'autant que je suis épilée au millimètre près.

À moins que… Son refus de me faire face… cachait-il une proéminence temporaire dans son pantalon ? Et zut ! Je ne le saurai jamais. Chassant cette question sans réponse, je termine de m'habiller à la hâte.

Quelques minutes plus tard, je franchis le seuil de la cuisine d'un pas ferme, un sourire sur le visage. Ignorant totalement le grand blond en train de poser la cocotte en fonte sur la table, je m'assois à droite de Maggie, sur l'invitation de cette dernière.

Par bonheur, la sérénité de mon hôtesse éclipse le reste de mon appréhension quant à leur suspicion me concernant. Il suffit que je sois moi-même ; ils verront bien que mon comportement est tout à fait normal et ne cache pas d'addiction honteuse.

Alors que Jacob prend place face à moi, je le surprends en flagrant délit de moquerie. Le mufle fixe ma robe, un demi-sourire aux lèvres. Trop facile. Maintenant qu'il est à l'aise, il se gausse de savoir ce qu'il y a sous le tissu. Je lui lance un regard d'avertissement que je veux terrible : hors de question qu'il raconte ma mésaventure à sa grand-mère.

Maggie soulève le couvercle de la marmite et le fumet du plat me donne l'eau à la bouche. Tandis qu'elle sert une cuisse de lapin à la moutarde à chacun de nous, je m'empare de la carafe pour faire le service à mon tour.

— Monsieur-Je-n'aime-pas-Patrick-Swayze souhaite-t-il du vin ? lancé-je d'une voix mielleuse.

— C'est si gentiment demandé, Ania ! Je veux bien, merci. Permets-moi de te dire que tu as très bonne mine, cette douche t'a fait du bien.

Imperturbable, je remplis le verre de Jacob à ras bord avec un gracieux sourire. Une provocation tout en finesse que sa grand-mère ne remarque pas. Il se met alors à siffloter le célèbre refrain de Jeanne Mas, faisant rire Maggie.

— *En rouge et noir* ? Je croyais que tu estimais cette chanson ringarde.

— J'ai changé d'avis.

Le fourbe me fait un clin d'œil que la maîtresse de maison interprète à tort comme un signe de complicité entre nous.

— En tout cas, je suis heureuse de vous voir plus détendus.

Contact visuel. Le sourire béat de Jacob entame quelque peu mon calme légendaire. Je serre un peu plus ma fourchette et me retiens de la transformer en fléchette. À bout portant, je pourrais faire des dégâts.

Ce que je ne comprends pas, c'est comment ce play-boy de service réussit à me gonfler et à m'émoustiller en simultané.

Déterminée à passer ce moment à table sans aucun faux pas, je m'efforce de me concentrer sur les propos de Maggie. Chose très aisée, au final, car notre hôtesse nous livre d'amusantes anecdotes sur sa vie au village. Et puis, la délicieuse viande couplée à l'excellent Hautes-Côtes de Nuits ne peut que me dérider. La gourmandise est ma plus grande faiblesse.

Jacob aussi semble apprécier. Ce repas improvisé, pris en toute simplicité dans la cuisine, avec la vaisselle de tous les jours, c'est un peu comme si nous étions de vieux amis. Même si je ne connais mon client que depuis une semaine, et sa grand-mère, quelques heures à peine.

Je termine tout juste mon sorbet au cassis lorsque Maggie me raconte une énième frasque de Jacob, petit. Dans un grand éclat de rire, je regarde mon vis-à-vis dont la réaction ne se fait pas attendre. Il se lève avec crispation, me défiant de faire de même. Son teint vire au gris cendre l'espace d'un instant, avant de flamber, comme son ton :

— Non, mais regarde-toi ! Ne me dis pas que tu n'as pas de problème !

— Qu… quoi ?

Je bégaie, déboussolée. Lorsque je me tourne vers Maggie, je constate qu'elle est livide. Elle me fixe, ses couverts suspendus au-dessus de son assiette.

Quittant la cuisine, je me précipite vers le miroir du salon et recule, terrifiée. Mes iris luisent d'un éclat mordoré et sous la peau de mes pommettes courent des paillettes d'or. On dirait que j'ai des filaments électriques à la place des vaisseaux sanguins. Si la joie m'a fait littéralement pétiller les yeux, c'est maintenant de la peur à l'état pur que je lis sur mon visage inconnu. Je porte les mains à mes joues. Elles ne sont pas douloureuses, leur température est normale.

Jacob fait irruption dans mon dos, ivre de colère :

— J'avais raison ! Tu l'as cachée où cette foutue drogue ?

Il avise mon sac à main et s'en saisit d'un geste sec pour renverser son contenu sur le canapé. Muette, Maggie observe la scène depuis le seuil de la pièce, un début de méfiance dans les yeux. Les mâchoires contractées, le regard assassin, Jacob fouille parmi tout mon fatras. Il vocifère de plus belle :

— Comment oses-tu ?! Ma grand-mère t'accueille sans arrière-pensée et c'est ainsi que tu te comportes ? En apportant ta saloperie avec toi ?

Misérable, je me recroqueville sous le ton cinglant. Ses paroles sont comme autant de coups de poignard chauffé à blanc qui me transpercent. Non, je ne suis pas une mythomane. Cela me blesse énormément qu'il le pense, même si j'aurais certainement eu la même réaction à sa place.

— Ton soi-disant accident a bon dos. Tu ne mérites pas que l'on t'aide ! Je me demande bien ce que j'ai pu te trouver. Si tu étais honnête…

— Arrête, Jacob, le stoppe sa grand-mère, qui pressent que je suis au bord des larmes.

Dévastée, je tremble sans pouvoir me retenir.

— Il a raison, dis-je d'une voix heurtée en récupérant mon portable. Je n'ai rien à faire ici, j'appelle un taxi.

Mon ex-client dégaine son téléphone aussi et me prend en photo sans m'avertir.

— Tu ne me laisses pas le choix. Je t'interdis d'accepter une autre mission tant que tu ne t'es pas fait soigner ! Dans le cas contraire, je transmets ce cliché à ton patron.

Ses yeux que j'aime tant sont deux pics à glace prêts à m'empaler. Si je n'étais pas en ligne avec la société de taxis, je m'effondrerais. Cette façon de me regarder, comme si j'étais le mal incarné, la traîtresse ultime… c'est indescriptible. Jacob n'ajoute rien de plus. Il se détourne vers la fenêtre pour guetter l'arrivée de celui qui les délivrera de mon horrible présence. Mutisme glaçant qui me perfore le cœur et me cisaille l'âme.

L'esprit embrouillé, j'enfile ma parka que Maggie est allée chercher dans le placard de l'entrée. J'ose à peine respirer, cherche le contact rassurant de mon bracelet, avant de me rendre compte que je ne l'ai plus. Quand Jacob m'a surprise à la salle de bains, cela m'a tellement perturbée que je l'ai laissé sur le rebord du lavabo. J'en informe la maîtresse de maison et amorce un mouvement. Elle me devance en disparaissant dans le couloir.

Le silence se fait plus épais, c'est un véritable supplice. Campé à son poste de surveillance, Jacob s'est transformé en statue de sel, ne m'exposant que son dos. Ma vue l'insupporte trop.

Anxieuse, je me mets à faire les cent pas entre la cheminée et le canapé. Mille fois j'ouvre la bouche, et mille fois je la referme. Je crois qu'une trêve n'est plus envisageable.

Mes yeux accrochent la jolie boule à neige qui trône sur le linteau de la cheminée. Je ne sais pas pourquoi, elle m'attire de manière irrésistible (comme d'autres choses dans cette maison d'ailleurs). Maggie m'a expliqué l'avoir reçue en cadeau, le Noël de ses sept ans, et y être très attachée. La boule de verre est montée sur un socle gravé d'arabesques. En son centre, une maison en pierre surmontée d'un toit rouge veille sur une étendue de neige en lisière de forêt. Un renard roux, les oreilles dressées, se tient aux aguets. Je saisis l'objet avec précaution. Les finitions sont magnifiques et les détails bluffants. Les faux flocons voltigent avec grâce au sein de la sphère et je découvre, admirative, que le verre s'illumine. Je n'en ai jamais vu de semblable. Elle me fait l'effet d'un bocal calmant, façon Montessori. Je n'arrive même pas à distinguer les minuscules LED et capteurs qui la composent.

Maggie revient enfin, mon bijou en main. Je m'arrache à la contemplation de la boule à neige pour la reposer à sa place. Ma vis-à-vis demeure à bonne distance, les yeux fixés sur le globe à présent éteint.

— Oh, pardon, je suis désolée. Je sais que vous y tenez, je n'aurais pas dû la toucher. Je vous aurai vraiment dérangée.

Sans un mot, elle me tend mon bracelet, comme au ralenti. Je m'empresse de le remettre en la remerciant pour tout. Je jette un œil vers le mur de chair planté devant la fenêtre et murmure :

— Ne soyez pas dure avec Jacob, il veut vous protéger. Il doit s'en vouloir de m'avoir emmenée chez vous. Après tout, on ne se connaît pas assez. Moi-même, je ne sais pas ce qu'il m'arrive.

Elle me regarde, impassible, puis me saisit les mains avec douceur.

— Rassure-toi, ma p'tiote, la crise est passée. Tu n'as plus aucun signe physique étrange.

Cette fois, les larmes jaillissent. Je les essuie d'un geste vif et constate, soulagée, qu'elles sont bien normales.

— Je vais attendre dehors.

— Minute !

Maggie me retient par le bras.

— Peux-tu la prendre une dernière fois ?

Je ne comprends pas, mais m'exécute.

— Elle ne s'allume plus, constaté-je, la boule entre les mains. Les piles doivent être à plat.

Maggie ne me répond pas, elle m'attire vers le canapé. Jacob daigne tourner la tête afin de voir ce qu'il se passe. Sur mes gardes, je m'assois sur le sofa du bout des fesses.

Tandis que je tiens toujours la boule à neige, mon hôtesse m'ôte mon bracelet. Je n'y fais pas attention sur le coup, surprise que le bibelot se rallume soudainement sous mes doigts. Son scintillement me paraît plus intense.

— On dirait qu'elle a un faux contact.

Sans explication, Maggie me remet mon bijou. La boule s'éteint. Je déglutis péniblement. Drôle de coïncidence quand même. Le silence monacal de la grand-mère de Jacob m'intrigue et m'inquiète ; elle semble avoir une longueur d'avance sur moi. Un coup de klaxon me fait sursauter. Le taxi est au portail.

— Ne bougez pas ! m'ordonne la Dijonnaise.

Elle sort, revient deux minutes plus tard. J'entends des pneus crisser, vois passer des phares dans la rue.

— J'ai renvoyé le chauffeur. Vous restez là cette nuit.

— Quoi ?

— Comment ? renchérit Jacob, abasourdi.

18 - UN JOLI CONTE DE NOËL

D'un calme exemplaire, Maggie ignore nos exclamations de surprise tout en remettant sa précieuse boule à neige sur la cheminée. De retour à mes côtés, elle me saisit le poignet qui arbore mon bracelet. Jacob émet ostensiblement un soupir d'impatience qu'elle étouffe d'un seul regard, me flanquant la frousse du même coup. Si cela, ce n'est pas de l'autorité...

— Qu'est-ce que c'est que cette trace ?

La Dijonnaise effleure avec délicatesse la ligne rouge qui subsiste sur ma peau.

— Une légère brûlure qui date d'hier soir.

Son froncement de sourcils m'enjoint de préciser les circonstances. J'évite avec soin de croiser le regard de son petit-fils, et confesse que mon bijou me joue parfois des tours au point de me picoter. Que je ne sais pas d'où cela vient, mais que mon père m'a recommandé de toujours le garder sur moi.

— Qu'étais-tu en train de faire au moment précis où il s'est mis à chauffer ?

— Rien de particulier. On se promenait.

Je passe sous silence toutes les autres fois où il a fait des siennes, cela n'a pas d'importance.

— On ?

— Jacob et moi.

Elle jette un regard furtif à son petit-fils.

— Que faisiez-vous *exactement* ? insiste-t-elle, ses yeux suspicieux de nouveau sur moi.

Mal à l'aise, je ne comprends pas où elle veut en venir.

— Il se peut que je l'aie embrassée, mamie.

Et voilà, on y est.

— Enfin, Jacob ! J'ai bien vu l'attirance qu'il y a entre vous, mais profiter de cet oisillon chargé de travailler pour toi ! Tu aurais pu te retenir de consommer le cadeau de ton frère.

Soucieuse de sauver mon honneur, je ne lui laisse pas le loisir de répondre.

— Ah non, Maggie ! Ce n'était qu'une simple impulsion sur le moment. Il n'a fait que caresser l'emballage. J'y vois là un indicateur de réussite, la preuve que j'ai obtenu sa coopération.

En mon for intérieur, je me félicite d'être aussi convaincue par ce que j'avance, bien que je prie pour qu'aucun d'eux ne remarque le feu à mes joues.

Narquoise, Maggie me décoche un sourire entendu.

— Pas de ça avec moi, veux-tu ? Je sais reconnaître quand mon Jacob dévore une fille du regard, et quand celle-ci lui rend la pareille.

Sonnée, je reste coite. Vaincu, Jacob s'éloigne pour s'adosser à la cheminée. *Lâcheur*.

— Peu importe. Il est évident que ton bracelet a quelque chose de spécial, ce qui m'en rappelle un autre. Il y a de ça de nombreuses années, une petite fille vivait en lisière de forêt avec ses parents…

De là où il se trouve, Jacob lève les yeux au ciel et lance que ce n'est pas le moment de ressasser ce vieux conte. Le regard sévère de sa grand-mère lui coupe le sifflet une fois de plus.

— Sa maman était couturière à la demande, elle effectuait de menus travaux pour les dames des environs, reprit posément Maggie. Un jour, elle eut l'opportunité d'ouvrir sa propre boutique en investissant ses économies dans un local commercial. Tous trois déménagèrent donc en ville, le papa de la petite fille pouvant conserver son poste de garde forestier, même une dizaine de kilomètres plus loin. La petite fille adorait accompagner sa maman au magasin pour voir les gens s'extasier devant la vitrine. Elle aimait la regarder transformer le tissu et garder les chutes de rubans pour orner les cheveux de ses poupées. Seulement, parfois, la mélancolie la prenait. Son ancienne maison lui manquait. Le bruit du vent dans les sapins, les passages furtifs des animaux sauvages sous sa fenêtre, et sa cachette secrète dans une grosse souche d'arbre.

Agacé, Jacob tapote à présent le linteau de la cheminée. Flegmatique, sa grand-mère poursuit son récit.

— Un soir de Noël, alors que sa maman s'apprêtait à fermer boutique, un charmant monsieur se présenta pour récupérer une commande. Penaud, il s'excusa par deux fois, il avait été retardé par la neige. Puis il remarqua la petite fille qui attendait dans un coin pendant que sa maman lui faisait signer le reçu. Il plongea alors la main dans sa besace pour en sortir une boule à neige. Cette dernière n'intéressait plus ses enfants et il cherchait quelqu'un à qui l'offrir en ce soir si spécial. La charmante demoiselle si patiente était-elle intéressée ? Émerveillée, la petite fille nota l'étrange ressemblance de la maison emprisonnée dans la sphère avec celle qui était si chère à son cœur. Avec l'approbation de sa maman, elle accueillit le présent au creux de ses mains tremblantes. Le monsieur avait un doux sourire et portait un drôle de bracelet : une gourmette en acier qui semblait scintiller. Lorsqu'il quitta les lieux, la petite fille le suivit des yeux à travers la vitrine. Il n'était pas très grand, mais lui avait fait forte impression. Il traversa la rue pour aller se fondre dans un recoin sombre. Fascinée, elle le vit manipuler son bracelet et disparaître dans un éclat de lumière verte.

Mes doigts fourmillent comme si quelque chose m'était familier. Je suis cependant certaine de ne pas connaître cette histoire. Maggie fait une courte pause afin de reprendre son souffle.

— La petite fille supposa que ce monsieur était un envoyé du père Noël. Un être magique chargé d'un cadeau symbolique, plein d'amour, juste pour elle. Jamais elle ne l'a revu, jamais elle ne l'a oublié non plus.

— C'est un très beau conte, affirmé-je, sans pour autant saisir le lien concret avec mon propre bijou.

— Oui, ma p'tiote. Excepté que ce n'en est pas un. J'avais sept ans quand cet homme étrange a franchi le seuil de notre boutique. Avec le temps, j'ai fini par croire que mon esprit avait embelli ce beau souvenir, mais maintenant que je te vois, je ne sais plus.

Elle désigne la boule à neige à proximité de Jacob.

— Ce n'est pas une boule lumineuse. Elle ne l'a jamais été.

Une expression identique doit être peinte sur le visage de son petit-fils et le mien : un mélange de stupeur et de crainte. Dans un réflexe que j'aurais trouvé risible en d'autres circonstances, le grand blond s'écarte vivement de la cheminée. Loin de la mystérieuse boule à neige dont il vient d'apprendre la véritable origine.

— Je suis incapable de te laisser partir sans savoir de quoi il retourne. Tu es en sécurité ici, je ne trahirai pas ton secret, quel qu'il soit. Je veux juste comprendre, après toutes ces années.

Perdue, je ne sais que penser. J'apprécie beaucoup Maggie. Comme moi, elle croit à la force de l'amour. Toutefois, imaginer que je suis un être spécial, semblable à celui qu'elle a croisé, enfant… On nage en plein délire. Je préfère encore être une droguée en pleine fuite psychologique. Ce serait plus logique.

Jacob passe une main dans ses cheveux, geste nerveux que je commence à connaître par cœur. Un élan me pousse vers lui, que je réfrène aussitôt. J'aimerais pouvoir lui dire que tout ceci n'est qu'une vaste blague, que je ne suis pas anormale.

Comme frappé d'une révélation, il active soudain l'écran de son portable et s'écrie :

— C'est impossible ! Tu es floue !

J'imagine qu'il évoque la photo compromettante prise lorsque mon visage débloquait. Il ne peut rien envoyer à mon patron parce qu'il n'a aucune preuve de mon état physique précédent. Conclusion : je pourrai toujours affirmer qu'il s'agissait d'une hallucination collective. Ou alors, je dois admettre que j'ai réellement un truc qui cloche. La mauvaise nouvelle, c'est que je suis trop amnésique pour savoir quoi. La bonne, c'est que j'ai une sorte de bracelet magique qui cache mon anomalie.

J'attrape mon téléphone à mon tour et tape ma recherche à toute vitesse.

— Que fais-tu ?

Je réponds, les yeux rivés sur mon écran :

— Je demande à mon ami Google où se situe l'asile le plus proche, histoire de me faire soigner.

L'éclat de rire de Maggie me fait lever la tête.

— Sacré Ania ! Tu as raison, mieux vaut prendre tout ça avec humour.

Jacob en profite pour se saisir de mon portable. Lui ne rigole pas. Il sait que je suis au bord de la crise de nerfs, car tout m'échappe, une fois de plus.

— Nous allons déplier le Clic-Clac du bureau pour que tu puisses aller te coucher. Jacob prendra l'ancienne chambre qu'il partageait avec Jérémy. Il y a laissé de vieilles chemises, il t'en prêtera une pour dormir.

Je ne peux que hocher la tête mécaniquement. Je ne suis pas certaine de vouloir passer la nuit sous le toit de cette nouvelle connaissance, malgré sa gentillesse. Et encore moins dans une chemise de son petit-fils qui a tendance à brouiller mes sens.

— Après une bonne nuit de sommeil, nous y verrons plus clair. Mamie, tu devrais lui préparer une tisane.

La Dijonnaise obtempère et se rend en cuisine. Jacob vient s'asseoir à côté de moi. Très près. Beaucoup trop. Il va sans doute entendre mon cœur battre à tout rompre. Ce n'est pas fair-play de sa part de venir me troubler ainsi.

Au bout de quelques minutes de silence qui me paraissent une éternité, il finit par murmurer :

— Je suis désolé de t'avoir houspillée. Tu n'es pas une menteuse.

— C'est oublié, je comprends. C'est déjà courageux de t'excuser.

Il soude ses prunelles aux miennes. Une vague de chaleur me balaie les reins, remonte le long de mes artères et explose dans ma poitrine. Jacob et son charme intersidéral. Jacob et ses ravages. Mon ex-client me fixe d'un regard indéchiffrable. Ses yeux dévient vers ma bouche un quart de seconde, puis il se lève avec brusquerie.

— Bonne nuit, Ania.

Sa voix est tendue, mon corps plus encore. Je déteste cette mission.

19 - L'UTILITÉ DES STALACTITES

J-9 avant Noël, 7 heures tapantes. Je suis déjà debout, remontée à bloc. Contre toute attente, j'ai dormi comme une masse. Je me sens reposée, même si je ne sais que penser de ma particularité.

La chemise de Jacob a rempli son office. M'arrivant à mi-cuisse, retroussée à chaque bras en plusieurs revers, elle m'a servi de nuisette, comme l'avait escompté Maggie. Heureusement pour ma santé mentale, elle sentait la lessive, et non le parfum de son petit-fils. Par conséquent, mon cerveau ne m'a pas trahie au point de rêver de lui, qui dormait juste de l'autre côté de la cloison.

Peut-être n'aurais-je pas dû rester, cette nuit. Néanmoins, il est vrai que nous devons réfléchir à la suite à donner à tout cela. J'ai atteint un point de non-retour, je ne peux pas couper les ponts après la bizarrerie d'hier. Ce que je ne veux pas m'avouer, surtout, c'est que je ne me sens pas capable d'affronter seule ce que je ne comprends pas.

J'ouvre la porte avec précaution et suis l'odeur de café jusqu'à la cuisine. J'appréhende un peu de voir Jacob, bien que l'on ait fait la paix hier soir. D'autant que Maggie a spécifié avoir détecté une attirance entre nous.

Justement, il est là. Seul, en train de s'activer, en tee-shirt. Il ne m'a pas entendue arriver, je prends donc un instant pour l'observer. Enfin, le terme « reluquer » serait plus pertinent. Il se déplace avec assurance, les biceps roulant sous sa peau et les fesses moulées dans un jean ajusté. Je lève la main jusqu'à ma bouche pour vérifier qu'elle est bien fermée, il ne faudrait pas que je bave sur ma jolie robe. Faut vraiment que je me soigne ! Et pas seulement pour mon anomalie, mais aussi pour ma nouvelle tendance à craquer pour mes clients (et à m'attacher à leur grand-mère, accessoirement).

Devinant ma présence, le grand blond se retourne avec un grand sourire. Oui, il est très beau dans la lumière du jour. Décontracté, avec quelques épis dans les cheveux, ce qui ajoute à son charme naturel. Une telle vision chaque matin m'irait bien.

— Bien dormi ? Mamie est allée chercher le pain et les croissants. Elle sera de retour d'une minute à l'autre.

Ouf ! Il ne m'en veut plus. Je lui réponds par l'affirmative, lui demande à mon tour s'il est en forme. Il a déjà tout installé sur la table, me laissant désœuvrée et les bras ballants. Pour me donner contenance, je m'approche de la fenêtre et contemple le paysage enneigé. Quelques flocons de plus sont tombés dans la nuit. Je ne suis pas à ma place ici. Je devrais y aller avant que les choses n'empirent.

Je n'ai toutefois pas le temps de réfléchir plus avant que Maggie revient, les bras chargés du petit déjeuner.

— Bonjour, Ania ! Tu es matinale, c'est bien. Assieds-toi, tu ne payeras pas plus cher.

Elle pose les sacs en papier sur la table.

— J'ai bien réfléchi. Pour moi, tout repose sur la levée de ton amnésie : il suffit d'élaborer un programme dans le but de stimuler ta mémoire ! annonce-t-elle, toute fière. Je serai donc ton coach pour la semaine qui te reste à passer ici.

Déstabilisée, je ne bouge pas d'un iota, toujours debout. Maggie me semble un peu trop confiante.

— Tu vas d'abord aller voir le médecin ce matin, temporise Jacob. En revanche, ne lui parle pas de tes manifestations physiques tant qu'on ne sait pas ce que tu… euh…

— Ce que je suis exactement ? À quelle espèce j'appartiens ?

Dépité, mon ex-client se passe une main dans les cheveux.

— Ce n'est pas ainsi que je voulais présenter les choses.

— Peu importe, tranché-je. Et notre contrat ? On le conclut de quelle manière ?

— Tu es pénible avec ça !

— Consciencieuse, plutôt.

— Après le petit déjeuner, je te ramène à ton hôtel pour que tu te changes et ailles consulter. Ensuite, tu m'appelles pour un compte rendu et on se trouve un créneau afin de signer tes papiers. Je déclarerai être satisfait de l'accompagnement de l'agence, à condition que tu respectes les prescriptions du médecin.

— À Lyon, on appelle ça du chantage.

— Chez nous, Bourguignons de souche, il s'agit de bon sens, réplique Maggie du tac au tac. Nous voulons juste nous assurer que tu ne risques rien.

— Pourquoi voulez-vous m'aider tous les deux ? Maggie, je sais, mais toi, Jacob, je ne te fais pas peur ?

Il m'adresse un sourire mutin.

— Il est vrai que je suis terrifié. C'est bien connu : plus c'est petit, plus c'est teigneux.

Son sourire s'élargit tandis que je le foudroie du regard. Il me prend la main et ma fureur s'envole aussitôt. Lui aussi doit avoir un secret. Un don de persuasion par le toucher, comme l'ex-copine de Wolverine.

— Ania, je ne sais pas ce qui t'arrive, ni si mamie se trompe sur toute la ligne. Malgré tout, tu n'es pas quelqu'un de dangereux. Je ne peux pas nier ce qu'on a tous vu, même si mon esprit cartésien le voudrait.

Je baisse la tête, honteuse d'entraver le bon déroulement de ses congés annuels. Il passe un doigt sous mon menton et, d'une légère pression, me force à lever les yeux vers lui. J'abdique, avec tout le flegme dont je suis capable. Je sens alors mon cœur se liquéfier quand je décèle dans ses prunelles quelque chose qui ressemble à de l'attendrissement.

— Je suis un bon citoyen, continue-t-il de sa voix grave. Je ne peux ignorer une demoiselle en détresse, ce serait contraire à l'éducation que j'ai reçue.

L'envie de fuir se fait plus forte de seconde en seconde, tout comme celle, paradoxale, de rester à ses côtés. J'interpelle sa grand-mère.

— Alors quoi ? Je vais m'improviser cobaye ? Vous allez me remettre plein d'objets et vérifier s'ils s'allument quand on enlève mon bracelet ? Nous allons regarder des films tristes pour que je pleure et faire analyser mes larmes en laboratoire ?

— Rien de tout ça. On va faire ce que tu aimes (et sûrement ce que tu avais prévu pour réactiver Jacobi-Wan) : préparer Noël en famille, profiter du moment présent et des petites joies du quotidien. Ce sont tes émotions qui déchireront le voile, ma p'tiote.

— Je ne pense pas que ce soit si facile. Vous êtes gentille, Maggie, mais c'est perdu d'avance.

— Sortez les violons, lâche Jacob, caustique.

— Je ne sais pas jouer.

Ma réponse a fusé. Soudain consciente que Jacob m'a provoquée exprès pour me secouer, je soupire. Il a raison, je ne suis pas du genre à m'apitoyer sur mon sort.

— D'accord. Médecin d'abord, puis le programme de Maggie. Je vous donne trois jours d'essai, pas plus. Ensuite, je rentre chez moi.

Sinon je n'arriverai jamais à me remettre de cette relation impossible avec ce Dijonnais qui fait battre mon cœur plus que de raison.

Le verdict du médecin a été clair : aucun hématome sous-dural, simple dysfonctionnement temporaire. La guérison est déjà en marche, comme l'attestent mes récents flashs. « Simple dysfonctionnement. » Je me demande bien pourquoi je lui ai fait un chèque. Si c'était si simple, je n'aurais pas foutu en l'air ma mission en me liant avec mon client et sa grand-mère. J'aurais conservé mon discernement et ma vie privée.

En plus, pour ne pas écoper d'un arrêt de travail de dix jours, j'ai dû ruser en arrangeant un peu la vérité. J'ai indiqué être tout juste en congés et promis de me ménager. Ainsi, je m'en sors avec une stricte interdiction de consommer de l'alcool, de jouer sur écran ou encore de pratiquer de l'exercice physique. De bonnes nuits de sommeil, un environnement serein, et mon cerveau ouvrira soi-disant de lui-même les volets encore clos de ma mémoire. Ce cher Dr Guimpied m'a tout de même prévenue que je pourrais être plus émotive qu'à l'accoutumée.

Bilan de la consultation : une ordonnance en cas de maux de tête et les coordonnées d'un de ses confrères à Lyon si les symptômes persistent.

Comme promis, j'ai ensuite rendu mon rapport à Jacob contre la promesse qu'il signe les documents validant ma prestation. Antidatés, cela va de soi.

En échange, Maggie a exigé que je passe l'après-midi chez elle pour les aider à ornementer ses extérieurs, dans le cadre de sa participation au concours annuel des maisons illuminées. Le frère de Jacob devait leur prêter main-forte, sauf qu'une malencontreuse gastro foudroyante l'a cloué au lit, femme et enfant compris. La Dijonnaise a ainsi décrété qu'il lui fallait des bras supplémentaires et a naturellement pensé à moi, l'excitée de Noël. Bien entendu, elle ne l'a pas annoncé en ces termes, mais c'était l'idée. Par habitude, Maggie attend la mi-décembre pour installer ses décorations dehors, afin que personne ne copie ses idées. Elle préfère dévoiler son jeu au fur et à mesure.

Si mon programme de coaching s'était déroulé dans de bonnes conditions, j'aurais emmené Jacob à un atelier de décorations de Noël. J'en ai donc conclu qu'il s'agissait là d'un bon compromis, et que rien ne m'empêchait de lui faire quelques rappels sur le sens de cette fête familiale.

Et puis, Pierre adore regarder les préparatifs de la grand-mère de Jacob et a déclaré vouloir revoir, je cite : « la copine trop rigolote de Maggie ». Je n'étais donc pas en mesure de refuser.

Planté dans son jardin, le petit garçon fan des Avengers hésite encore entre confectionner un igloo ou un bonhomme de neige. De mon côté, je suis en train de démêler une multitude de guirlandes solaires tandis que Jacob installe un projecteur laser destiné à animer la façade. Maggie, quant à elle, peaufine les détails en suspendant des boules à chaque branche d'arbre qui passe à sa portée.

C'est certain qu'à la fin de la journée, son jardinet pourra servir de piste d'atterrissage tellement il sera balisé. Sans compter qu'elle ramène encore une caisse contenant des animaux de Noël à LED, des pics solaires en forme de flocons, un père Noël gonflable et même des sucres d'orge géants rouge et blanc ! Malgré tout, agencé par Maggie, ce mélange détonant compose un décor féerique, bien loin de la version kitsch à laquelle je m'attendais. Tout est raccord et bien pensé.

Posté sous l'avant-toit, Jacob monte à présent sur un escabeau, et me demande de lui passer les dernières guirlandes lumineuses. J'obtempère, avec un goût d'inachevé, comme si j'avais raté ma mission. Ce moment avec ses proches était prévu. La vie de famille est importante pour mon ex-client, pourtant, inconsciemment, il s'empêche de fonder un foyer, rebuté par l'expérience de sa mère. Mon objectif est de lui démontrer que sa grand-mère et son petit frère se débrouillent très bien seuls, qu'il n'a pas à porter sa croix jusqu'à la fin de sa vie. Les étoiles en plastique s'entrechoquent entre elles lorsque je lui tends un énième cordon de Noël.

— Quelle joie ce sera quand tes enfants aideront leur arrière-grand-mère à gagner le concours du village ! Imagine les petites têtes blondes courir partout autour de Maggie et s'émerveiller devant les lumières qui s'allument toutes seules à la tombée de la nuit.

— Quelle subtilité, Ania, grince le grand blond. Tu devrais faire une pause de temps en temps, ça te ferait du bien.

Bon, après un bout de ma mémoire, c'est mon tact qui s'est fait la malle.

Dans l'objectif d'accrocher le capteur solaire à la gouttière, Jacob monte une marche supplémentaire un peu trop vite et se cogne, m'arrachant un gloussement. L'œil mauvais, il se frotte le haut du crâne et prend une voix doucereuse :

— J'aimerais avoir ta chance, tu sais ? Ne jamais devoir évaluer la hauteur d'une porte ou d'une branche d'arbre… Ça doit être si agréable. C'est vrai, finalement, que tout ce qui est petit est charmant.

— Et tout ce qui est grand est emmerdant !

Il éclate de rire, me faisant me sentir ridicule face à une telle bonne humeur.

— Désolée, je crois que je suis un peu trop susceptible en ce qui concerne ma taille.

— Disons que c'est ce qui fait ton charme.

Son attention se porte alors derrière moi :

— Eh, Pierre ! Que se passe-t-il ?

Le petit voisin a pris un air boudeur. De l'autre côté du muret, il grommelle à notre intention qu'il n'a pas de carotte pour le nez de son bonhomme de neige.

Avisant les stalactites qui gouttent du haut de la cabane de jardin de Maggie, je me dirige vers l'abri en question et saisis une pointe glacée d'un bond efficace et gracieux. Je décoche un fier sourire à Jacob qui m'observe de son perchoir, avant de tendre mon trophée à Pierre.

— Tu peux la remplacer avec ça.

Ravi, il me remercie avec chaleur et s'apprête à apporter la touche finale à son œuvre, quand Jacob le stoppe d'un air désolé. Descendu de son escabeau, il s'est lui aussi emparé d'une stalactite.

— Voyons, Pierre, as-tu oublié à quoi ça sert ?

S'ensuivent des exclamations de joie de Maggie et de son petit voisin. Le garçonnet saute sur le muret, puis se met à me menacer gentiment de son arme improvisée.

— Rendez-vous, chevalier, ou je tue votre princesse ! clame-t-il à destination de Jacob.

Le grand blond me saisit à la taille, me fait pivoter pour me placer derrière lui, et brandit à son tour son épée de glace.

— Soit, jeune brigand ! Combattons en duel !

Ébahie, je suis leur joute sous les éclats de rire de mon hôtesse qui m'explique que c'était le passe-temps préféré de ses petits-fils en hiver. Ils l'avaient appris à Pierre, mais Jacob ne s'était pas prêté au jeu depuis longtemps.

— Nathalie n'aurait pas apprécié qu'il se donne en spectacle avec un gamin. Elle n'avait pas de mauvaises intentions, mais elle était maladroite. Pour l'anniversaire de mon arrière-petit-fils, elle lui a offert le pire cadeau pour un enfant.

— Des vêtements ?

— Un jouet sans les piles qui vont avec.

Je m'esclaffe.

— Vous êtes dure avec elle. D'après ce que j'ai compris, elle n'aspirait simplement pas à être mère et elle ne l'a jamais caché à votre Jacobi-Wan.

— Ne te méprends pas, Ania. Je sais que Nathalie était quelqu'un de bien et j'aurais pu l'apprécier... si elle avait été faite pour mon Jacob. Il lui faut plutôt quelqu'un comme toi, qui réveille ses envies endormies depuis trop longtemps.

Visiblement, la subtilité de Maggie est partie en voyage avec mon tact. Espérons qu'ils reviennent vite avant que la situation ne dégénère pour de bon.

Je fais mine de me concentrer sur la bataille qui fait rage à deux pas de nous. Les stalactites glissent entre les doigts des combattants. Celle du plus grand finit par se briser, le forçant à mettre un genou à terre en signe de reddition.

Je m'approche en paradant :

— Eh bien ! Heureusement que les princesses modernes se défendent toutes seules !

Déloyal, Jacob me fait un croche-patte et je bascule en avant, bien partie pour manger de la neige. Il me réceptionne toutefois avec un ricanement pour amortir le choc. Nos yeux se croisent, instant de flottement. Je me laisse couler au creux de ses bras, à l'abri du froid. *Eh oh, Ania, secoue-toi ! Tu n'as qu'à t'acheter un manteau plus chaud !*

Je me dérobe, le feu aux joues, sous le regard perçant de Maggie qui nous dévisage tour à tour. Par bonheur, elle fait l'effort de n'émettre aucune remarque.

20 - UN BAISER SOUS LE HOUX

Notre besogne achevée, nous pouvons rentrer au chaud prendre une bonne collation (sans gâteau au chocolat, cette fois-ci). À peine notre goûter englouti, Maggie annonce qu'elle a oublié la touche finale dans le vestibule, et que Jacob et moi allons nous en charger. Pour sa part, elle a du linge à étendre dans la buanderie.

Je visualise son hall déjà agrémenté de guirlandes et me demande ce qu'il peut y avoir à ajouter. Mon ex-client ne paraît pas surpris outre mesure. Curieuse, je le suis jusqu'au couloir où trône un grand panier d'osier rempli de branches aux feuilles dentelées d'un beau vert brillant.

— Du houx ?

— Chaque année, mamie tient à en suspendre un bouquet, m'explique mon camarade qui saisit avec précaution les branches piquantes garnies de grappes rouges.

Je m'empare des ciseaux, coupe un bout assez conséquent de fil de pêche, puis l'enroule rapidement autour de la base des rameaux que Jacob maintient en place. Je l'agrémente ensuite du ruban rouge qui était dans le panier avec le reste du matériel. Jacob me remercie et désigne un discret piton fiché dans le chambranle du passage donnant sur le salon.

— Je ne m'embête pas à l'enlever. Il reste là toute l'année, prêt à resservir en décembre.

Il hausse son mètre quatre-vingt-cinq sur la pointe des pieds et lève les bras pour nouer l'extrémité du fil de nylon autour du piton. Dans le mouvement, son pull remonte en même temps que son tee-shirt, dévoilant une bande de peau tendue. Lisse et musclée. Un bout d'épiderme gravé sur ma rétine pour le reste de la journée. De mieux en mieux…

— Ce n'est pas plutôt du gui que l'on devrait mettre ? demandé-je, la voix quelque peu enrouée.

— Le gui est une tradition païenne, le houx, une habitude plus chrétienne. En fait, selon mamie, toutes les idées sont bonnes à prendre, quelles que soient leurs origines. Il se trouve que la voisine a un grand houx dans son jardin, c'est donc plus pratique de se fournir auprès d'elle.

— Maggie et sa fameuse « vision particulière » de la fête de Noël.

Jacob hoche la tête tout en reculant d'un pas pour admirer son œuvre.

— Elle aime répéter que ce qui compte, c'est de faire ce que l'on aime en restant soi-même. De trouver ce qui nous va, et de s'y tenir.

Cela me rappelle les paroles de papa, quand il m'avait enjoint de postuler au sein de mon agence actuelle : « Le métier de coach t'ira comme un gant, tu pourras y faire ce que tu aimes en restant toi-même. Ta mère fait partie des services administratifs, car elle est digne de confiance sur le plan terrestre. Toi, du fait de ton origine, tu es encore plus légitime pour intégrer AmaRe. »

Mes tympans se mettent à bourdonner, ma vue se brouille. Vient se superposer ma dernière conversation avec maman : « Ignorer l'agence, c'est t'ignorer toi-même. Tu refuses d'admettre que ta différence n'est pas une tare. Même en l'absence de collègues qui connaissent ta vraie nature, même loin de notre organisation, tu n'échapperas pas à ce que tu es. Rien ne t'empêche de fonder une famille normale, à part ta peur, ma fille. »

J'inspire un grand coup. Le plan terrestre ? Ma vraie nature ? Qu'est-ce que c'est que ces balivernes ? Je ne comprends même pas le sens de ces paroles !

Légèrement hébétée, je fais un pas en avant et trébuche sur le panier vide à mes pieds. Je me cogne alors le poignet contre le mur en me rattrapant, tandis qu'un juron dénué d'élégance s'échappe de ma bouche.

— Ça va ?

Jacob s'approche pour me prendre la main avec douceur.

— Fais voir.

— Tu as les yeux au bout de tes doigts ? Ce n'est rien.

Je le repousse avec fermeté.

— Tu t'es souvenue de quelque chose ?

— Non.

Son air désapprobateur me fait bien comprendre qu'il sait que je lui mens. Il me fixe en silence, attend que je crache le morceau. Je ne cille pas et reste muette. Je ne perds jamais à ce jeu.

Les sourcils froncés, Jacob regarde le bouquet au-dessus de ma tête avant de se fendre d'un sourire carnassier.

— Nous avons terminé. Il ne reste plus qu'à appliquer la coutume pour mamie. Les traditions sont sacrées ici, il ne faudrait pas la vexer…

Voilà bien le Jacob que j'ai appris à connaître : il n'abandonne jamais sans une dernière provocation. Un peu comme moi, au final.

— Évidemment ! Maggie mérite tout notre respect. Nous nous embrasserons donc au douzième coup de minuit, le soir du réveillon. Oh, mais attends ! Quel dommage ! Je serai à Lyon. D'ailleurs, il est temps pour moi de rentrer à l'hôtel.

Rieur, mon ex-client ouvre le placard d'entrée et y récupère ma parka. Je m'apprête à remonter la fermeture à glissière quand je remarque son air subitement sérieux.

— Je n'ai pas besoin d'aide pour accrocher un malheureux bouquet de houx. Sais-tu pourquoi mamie voulait que tu le fasses avec moi ?

— Non, mais tu vas me le dire.

Il plonge ses beaux iris dans les miens.

— Parce qu'elle cherche à me caser par tous les moyens et voit en toi du potentiel. Tu n'as plus de relation professionnelle avec moi ; elle estime donc que si tu as accepté de venir aujourd'hui, c'est qu'il pourrait y avoir une complicité entre nous.

Je ris, un brin crispée.

— N'aurait-elle pas tendance à mettre le traîneau avant les rennes ?

Et où est-elle d'ailleurs ? Il faut si longtemps pour étendre du linge en Bourgogne ?

— Tu es sa nouvelle lubie. Toi et la part de mystère qui t'entoure.

— Dois-je y voir là un avertissement ? Une façon de me dire de ne pas profiter de ta grand-mère ? Je suis déçue que tu me penses capable d'une chose pareille.

— Pourquoi crois-tu que je laisse mamie s'occuper de toi ?

— Je ne savais pas que c'était le jour des devinettes, maugréé-je.

Imperméable à mon début d'impatience, le grand blond continue sur sa lancée :

— Parce que je te fais confiance pour une raison que j'ignore. Je dois dire que tu sais faire ton boulot : tu as réussi à m'embarquer dans ton programme farfelu. Chaque jour, j'avais hâte de découvrir ce que tu me réservais, rien que pour le plaisir de te faire ronchonner. Puis, au fil du temps, sans que ni toi, ni moi ne s'en rende compte, tu m'as ouvert les yeux. Je pensais être un gars cool et moderne, alors qu'en fait, je m'efforçais de ne pas m'engager.

Sa voix se fait murmure.

— Il a fallu quelqu'un d'extérieur pour me le faire comprendre. Quand je vois Jérémy, bien sûr que j'aimerais vivre la même chose. Je n'ai juste pas rencontré la bonne personne, celle qui me pousserait dans mes retranchements. À part toi. Mais c'est ton job, n'est-ce pas ?

J'ai l'impression de récolter un compliment doublé d'un reproche. Dans le doute, je m'abstiens de répondre.

Il se passe une main dans les cheveux.

— Pourtant, ce n'était pas gagné. Le jour où tu as frappé à ma porte, j'étais furieux. Je ne souhaite à personne une telle irruption dans sa vie privée. Commanditée par mon propre frère, en plus ! Tu imagines ? Le pauvre Jacob, incapable de savoir ce qu'il veut à trente ans ! J'ai même cru que tu étais de mèche avec lui. Tu étais bien trop attirante pour être une coach innocente.

Ça y est, je vais me mettre à hyperventiler. Je toussote, tente d'évacuer ma gêne. Avec fébrilité, je me saisis de mon sac à main et annonce d'une voix un peu trop chevrotante à mon goût que je suis contente de lui avoir été utile, mais qu'il faut vraiment que j'y aille maintenant.

Il m'attrape alors le bras et m'attire près de lui, baissant des yeux sévères sur moi :

— Purée, Ania ! Tu ne me facilites pas la tâche ! Ce que je veux dire, c'est que je me sens responsable de toi. Trois jours, c'est trop court. Laisse-nous plus de temps pour découvrir ce qu'il t'arrive. Laisse-moi rechercher l'authenticité que tu clames si fort.

— Je ne… Je ne sais pas, bredouillé-je.

Des émotions contradictoires se disputent mon cœur tremblant. J'ai comme un vertige. Manifestement, Jacob affole mes hormones et altère mon jugement. Cependant, je reste une fille un peu paumée qui doit retourner dans sa ville natale, car sa mission est terminée.

Jacob pose une main sur ma joue. Je me laisse faire, subjuguée. Elle est chaude et douce, se branche directement à mes neurones pour influer sur ma raison.

— Tu veux du vrai ? Tu veux que j'apprécie chaque relation ? Je vais donc assumer le penchant que j'ai pour une fille délurée, aux antipodes de celles que je fréquente habituellement. Enfin, plutôt une femme, qui me force à lui faire des déclarations pour la retenir. Une emmerdeuse que j'ai envie de protéger, et pas parce qu'elle est petite.

C'est acté, j'abdique corps et âme. Terminée, la résistance.

En total désaccord, mon diabolique bracelet augmente sa température, m'envoyant un avertissement : révéler son anomalie ou brûler, il faut choisir. Impatiente, je le détache, le fourre dans ma poche et me mets sur la pointe des pieds. Jacob sourit, penche la tête… et s'écarte, l'air fautif, lorsqu'une interjection nous fait sursauter :

— Stop ! Éloigne-toi d'elle !

Je soupire.

— Maggie, j'étais à deux doigts de vous apprécier.

— Ma p'tiote, tu étais sur le point de te faire embobiner.

Ben oui, et j'aurais bien laissé s'enrouler tout le fil...

— Jacob m'a raconté ta passion pour l'histoire du père Noël : le fait qu'il y aurait une liste de croyants et de non-croyants, l'existence des lutins et d'une mère Noël… Admettons que tu aies un secret à protéger. Si tu n'es pas en possession de toutes tes facultés, ton bracelet t'empêche peut-être de devenir trop intime avec quelqu'un, au risque de dévoiler des choses que tu ne devrais pas. Ça expliquerait les échauffements. Mieux vaut y aller lentement tant qu'on ne sait pas tout. Vous aurez tout le loisir de vous découvrir après.

« Ton bracelet doit te servir de talisman et de bouclier à la fois. » Ces mots de ma mère s'imposent à moi, une fois de plus. Le pire, c'est que j'ai déjà envisagé l'hypothèse de Maggie. Elle a sans doute raison : mon bracelet ne refroidit pas, je le sens à travers ma poche.

— Tu sous-entends que je profite d'elle, grogne Jacob. Faudrait savoir ce que tu veux ! Ne m'as-tu pas dit « qui ne tente rien, n'a rien », pas plus tard que ce matin ?

— Je ne t'ai pas incité à lui sauter dessus, Jacobi-Wan ! Seulement à la convaincre de rester dans la région jusqu'à la fin de la semaine. Et si Ania avait des engagements ailleurs ? Avec quelqu'un comme elle ?

Bon, là c'est clair, je suis ridiculisée à vie. Je n'ai jamais éprouvé autant de honte avant ma venue à Dijon. Je serre les dents en même temps que les poings, et esquisse quelques pas de côté en direction de la sortie.

— Tu ne vas pas déjà partir ! m'arrête la maîtresse de maison. J'aimerais tester une séance d'hypnose pour raviver ta mémoire, j'ai vu ça sur Internet.

Ouh là, là, surtout pas ! On est en train de perdre Maggie, et moi avec ; je n'ai aucune envie de terminer comme une souris de laboratoire. Jacob affiche maintenant une mine résignée qui ne m'inspire pas confiance. J'allais effectivement faire une monumentale bêtise en me laissant séduire par ce beau gosse dominé par une grand-mère excentrique.

Je m'excuse auprès d'eux, déclare que j'ai besoin de prendre l'air pour passer quelques coups de fil. J'évoque des rendez-vous à annuler cette semaine, dans la mesure où mon programme initial de coaching est tombé à l'eau.

— Ça m'est complètement sorti de la tête, rigolé-je avec nervosité.

En fait, c'est juste un prétexte pour prendre la poudre d'escampette. J'ai déjà tout réglé ce matin lors de mon passage à l'hôtel, ayant pour habitude d'être organisée en toutes circonstances. (Enfin, quand je ne perds pas la boule.)

Bref, il est évident que je ne serai pas de retour auprès d'eux dans une dizaine de minutes, comme je l'ai annoncé. Je coupe les ponts. Cette histoire est allée beaucoup trop loin. À moins que je ne sois victime d'une caméra cachée ?

21 - LE DÉGEL DES SOUVENIRS

Pressée de m'éloigner de chez Maggie, je longe l'église impressionnante de type gothique et file tout droit vers le parc du petit village. Je m'engage au milieu des allées, parmi les noyers centenaires, tentant de calmer les battements de mon cœur face au panorama. La vue sur Dijon et son lac Kir est très belle, malheureusement, la contemplation du paysage n'apaise pas mon esprit tourmenté. J'accélère le pas sous les paroles de Maggie qui me poursuivent. Elles tournent en boucle dans ma tête, telle une chanson infernale. « Un secret à protéger », « dévoiler des choses que tu ne devrais pas », « ton bracelet a quelque chose de spécial », « ce n'est pas une boule lumineuse. Elle ne l'a jamais été »…

L'air froid s'infiltre dans mes poumons, ma respiration entrecoupée fait un vacarme d'enfer. La lanière de mon sac à main cherche méchamment à m'entamer l'épaule. J'ai l'impression qu'il pèse des tonnes tout à coup. La bouche un peu pâteuse, je commence à étouffer. Il doit y avoir un truc dans l'air. J'aurais dû monter dans ma voiture, au lieu de fuir à l'aveugle, au hasard des ruelles. Sortie du parc dans un état second, me voilà perdue dans un quartier inconnu.

Avec un sourire crispé, je salue de la tête une maman qui manœuvre sa poussette sur le trottoir enneigé. Bien emmitouflé dans sa combinaison, son bébé émet un gazouillement à mon intention lorsque nous nous croisons. Instant fulgurant où des milliers de ficelles invisibles jaillissent de mon corps pour m'ancrer au sol.

Je fais un bond dans le temps et me retrouve, ce maudit samedi, dans la boutique de puériculture. Le son du carillon quand je passe la porte du magasin, les rayons de grenouillères et petits chaussons pastel, le bip du paiement sans contact de ma carte bleue. Puis la sonnerie de mon téléphone lorsque je range mon portefeuille.

Je me vois me mettre en retrait, près de la porte de la réserve, note mon soupir agacé après avoir raccroché avec ma mère, et perçois le rire d'un papa face aux grimaces de son enfant. Vient alors cette lame de fond qui m'ébranle tout entière. Cette envie dévorante d'avoir quelqu'un comme lui dans ma vie. Le désir de rencontrer à mon tour un homme avec lequel je pourrais partager le moindre de mes secrets et fonder une famille. La recherche d'un compagnon, et d'un futur père. Mes yeux se baissent vers le sac en papier qui contient le cadeau pour le bambin de mon amie. Je me sens soudain très seule. Vide. Toujours célibataire, la trentaine approchant et le foutu tic-tac de mon horloge biologique.

Plantée comme un piquet, absorbée par mes pensées, je ne vois pas le vendeur sortir, muni de son transpalette. Derrière sa montagne de cartons, lui non plus ne m'aperçoit pas, la faute à ma petite taille. Au cri d'avertissement de sa collègue, il dévie sa trajectoire de justesse et les fourches de son engin viennent s'encastrer avec violence dans un rayonnage juste à côté de moi. Le choc le décroche en partie, assez pour me heurter la tête.

Revenue au temps présent, un éclair de douleur me transperce le crâne, me forçant à me raccrocher à une clôture pour ne pas tomber. Un sifflement dans les oreilles me vrille les tympans, puis plus rien. Le calme absolu.

J'avise un banc de pierre abrité par un grand cèdre, m'y assois, encore un peu sonnée. Je me souviens de tout, à présent.

Dans cc magasin, ce jour-là, tout mon mal-être est remonté à la surface. Celui que je tentais d'étouffer depuis quelque temps déjà. Moi, d'habitude si enjouée et optimiste, je sentais ma vraie nature me peser. Je venais d'ailleurs de m'accrocher avec ma mère à ce sujet, et mes neurones, secoués par l'impact au magasin, ont sauté sur ce prétexte pour provoquer un black-out. Mon cerveau a occulté ce qui me dérangeait au moment des faits : ma particularité et tout ce qui s'y rattache.

Le fait est que je suis fille de lutin. Et, par lutin, j'entends un bipède tout à fait normal, simplement doué de magie, qui ne dépasse pas le mètre soixante (la légende des gobelins velus atteints de nanisme est tout à fait erronée). Mon père est issu du plan magique, où vivent tous les autres êtres de son genre. Ma mère, elle, appartient au plan terrestre.

En période de Noël, les lutins sont souvent envoyés dans le monde humain pour s'imprégner des préoccupations contemporaines et imaginer les présents en adéquation avec les mœurs du moment. Ce fut lors d'une de ces missions que mon père rencontra ma mère, sur le stand du Secours populaire. Un coup de foudre pour tous les deux. Ils commencèrent par prendre un verre ensemble, puis un repas, puis partagèrent une nuit, et une flopée d'autres nuits. Leurs deux univers se télescopèrent alors qu'ils n'auraient pas dû. Malgré leur différence, ils entamèrent une relation et ma venue fut une surprise. Le fruit du hasard, guidé par la force du véritable amour, comme aime à le répéter ma mère.

Pff... Ma mère… Cette terrestre si romantique, si croyante en la magie de l'amour sur lequel repose le monde de mon père. Dotée des gènes de papa, je peux passer le portail pour pénétrer dans sa réalité. Ma mère, non. Tout comme mon père a interdiction de séjourner trop longtemps dans le monde humain. Et pourtant, ils se sont toujours définis comme un vrai couple. Mes parents s'aiment profondément, mais à distance. À très longue distance, même. Selon moi, leur version est un peu édulcorée, je n'aspire pas à vivre ainsi.

Le jour de mon arrivée à Dijon, maman m'a appelée après avoir parlé avec mon patron. Ce dernier l'avait informée que j'envisageais peut-être de quitter l'agence, sans préciser pourquoi, et elle s'inquiétait de cette décision si soudaine. Elle m'a rappelé que j'aimais mon travail, ce qui est vrai. J'adore mon job. Je m'épanouis à travers toutes ces rencontres, je me sens utile.

— Alors quoi ? a-t-elle insisté. D'où vient ce revirement de ta part ? Qui aurait envie de lâcher sa place au sein de l'agence ?

Insignifiante société de charlatans pour une minorité, prestigieuse antenne de coaching pour les autres, l'agence AmaRe est en réalité bien plus complexe. Créée et gérée par des êtres magiques, elle est formée d'une multitude de pôles à travers le monde, qui organisent diverses actions tout au long de l'année. Sous couvert d'accompagnements personnalisés, son rôle est de réhabiliter le respect de l'autre et d'insuffler l'espoir, de cimenter les relations humaines.

Parce que la magie repose sur la grandeur de l'amour et parce que, sans magie, l'équilibre du plan terrestre serait fragilisé. Nos deux mondes sont étroitement liés, sans pour autant se confondre. Ainsi, lorsque toutes les synergies sont combinées en fin d'année, les ambassadeurs de l'agence activent la magie de Noël. Au sein des studios de cinéma et des chaînes de télévision, nos actionnaires s'emploient à faire perdurer la tradition des films de Noël. Depuis peu, nos publicitaires s'essaient aussi à l'expérience client et au *brand content* : les voyages vers la Laponie sont hyper tendance pour les petits et les plus grands. En bref, tout ce qui peut servir à conforter les croyances des enfants est bon à prendre. Car de la magie de Noël découle un amour encore plus fort.

Triés sur le volet, les ambassadeurs de l'agence appartiennent au monde humain et se transmettent le flambeau de génération en génération. Certains ont un soupçon de magie en eux (comme moi), d'autres sont tout simplement au courant de l'existence de la dimension magique (comme ma mère).

L'agence AmaRe est une grosse machine bien huilée aux rouages fascinants. Elle fait écho à ce que je suis et ce que je crois : j'y suis à ma place. Un peu trop, même. C'est cela qui me préoccupe depuis quelques mois. On m'y voit uniquement comme Ania, la fille mi-humaine, mi-lutine. On cherche sans cesse à me caser avec un hybride comme moi et cela en devient pesant. Je veux un homme normal. Un compagnon qui n'aurait pas à cacher ses origines, lui aussi. Ma mère, elle, refuse de voir le problème.

Un dialogue de sourds s'est ensuivi, au téléphone, ce jour-là, et j'ai raccroché plus qu'agacée.

Désormais, il est temps de renouer avec elle. Voilà plus d'une semaine que nous ne nous sommes pas parlé, ce n'est pas dans mes habitudes d'être injoignable. Bien entendu, je connais le numéro de ma mère par cœur. Mon blocage de ces derniers jours était purement psychologique.

La tonalité retentit quatre fois avant que maman ne se décide à répondre à l'appel provenant d'un numéro inconnu. La voix un peu faiblarde, je la salue timidement et lui demande comment elle va.

— Ah, tiens ! Ma fille se souvient de mon existence ! ironise-t-elle. Je me demandais si tu avais eu un problème de téléphone ou si tu boudais…

Mes doigts se crispent sur l'appareil. Mieux vaut passer sous silence ma perte de mémoire temporaire. C'est passé, inutile de l'affoler avec ça. Je lui expliquerai tout plus tard de vive voix. D'autant qu'avant, je dois régler le dommage collatéral qui en découle : avoir dévoilé ma différence à des inconnus.

— Je me suis inquiétée, me reproche ma génitrice. J'ai fini par croire que tu avais eu un accident ou quelque chose de ce genre. J'ai dû exceptionnellement demander les coordonnées GPS de ton bracelet.

Ben voyons ! Encore une raison pour laquelle j'envisage de quitter l'agence. Du fait de sa place dans la hiérarchie, si elle le justifie, ma mère peut avoir accès aux informations confidentielles, comme la localisation de sa chère fille unique.

— Heureusement, j'ai su que tu étais à Dijon, comme prévu, et que tu rentrais bien chaque soir à ton hôtel. Sauf hier. Tu as eu un problème ? Ou tu as fait une rencontre et tu t'es accordé une petite pause pendant ta mission ? En parlant de mission d'ailleurs, elle est intéressante ? Tu reviens samedi ou dimanche ?

J'avais oublié à quel point elle pouvait parler pour deux, et surtout, mettre le nez là où il ne faut pas. J'élude un tantinet ses questions, ne souhaitant pas m'étaler sur le sujet :

— Mmm, oui, ça va.

— D'habitude, tu es plus expansive ! Tu ne rencontres pas de difficulté, au moins ?

— Non, non. La prestation sera validée.

À son absence de repartie, je devine qu'elle a détecté le non-dit derrière ma réponse brève. Elle fait mine de me croire, mais je sais que je subirai un interrogatoire dès mon retour à Lyon. Maman est ainsi : elle laisse passer sur le moment, me laisse imaginer que je suis hors de danger, puis revient à la charge quand je m'y attends le moins. Elle ne lâche rien avant d'obtenir les réponses qu'elle souhaite, et elle est redoutable pour cela.

— Bon, et sinon…

Je la sens hésiter, un peu moins sûre d'elle.

— Tu veux toujours abandonner ton poste ? Si c'est le cas, je t'aiderai dans tes recherches.

— Je vais profiter de mes congés qui se profilent pour y réfléchir à tête reposée, nuancé-je.

— Ça me paraît bien. Au fait, j'ai parlé à ton père : pour la première fois, il ne sera pas réquisitionné le soir du 24. Il se joindra donc à nous pour la veillée de Noël et restera un mois entier à la maison. N'est-ce pas une merveilleuse nouvelle ?!

J'acquiesce, heureuse pour ma mère, et décide d'ores et déjà de les laisser en tête à tête pour leur premier réveillon ensemble en trente ans de relation. Ils méritent de se retrouver, comme le ferait n'importe quel couple. Jamais je ne comprendrai comment ils supportent cette situation, mais le fait est que je n'ai pas à les juger. C'est leur choix, qu'ils assument complètement d'ailleurs.

Je raccroche, non sans lui avoir dit que j'ai été contente d'entendre sa voix, et que je suis désolée de n'avoir pas donné signe de vie plus tôt. Elle ne semble pas m'en tenir rigueur, me recommande d'être prudente et confirme qu'elle a hâte de me revoir.

Mon portable à la main, je reste ensuite prostrée un temps indéfini sur mon banc. La conversation avec ma mère m'a rappelé mon plus gros problème du moment : gérer la curiosité de Maggie ainsi que la méfiance de Jacob quant à mes manifestations physiques étranges. Jusqu'où puis-je pousser la confidence avec eux ? Dois-je m'en tenir à ma première idée et ne plus mettre les pieds chez ces Dijonnais ? Les doigts gourds, j'observe la neige qui orne les branches du sapin. Je suis congelée, sans pour autant bouger. Je ne sais que faire.

L'apparition de Jacob dans mon champ de vision décide alors pour moi. La démarche nerveuse, l'air un peu hagard, il vient se planter devant moi :

— Qu'est-ce qui ne tourne pas rond chez toi ? Je me suis fait un sang d'encre en ne te voyant pas revenir ! Ton attitude est puérile, tu sais ?

Piteuse, je me mords la lèvre. Ses reproches me rappellent sa colère lorsque j'ai sauté de la calèche, l'autre soir. Il n'a pas tort, j'ai mal réagi. Néanmoins, une fois de plus, je vais devoir refermer les portes de ma forteresse pour cacher mon secret inavouable.

Rassemblant tout mon courage, je me lève pour lui faire face, prête à inventer n'importe quelle excuse pour décamper. Sauf que je me heurte à son visage tourmenté. Ses cheveux ébouriffés, comme s'il y avait maintes fois passé la main, sa mine sincèrement inquiète pour moi… Je ne vois plus que ses yeux qui me supplient en silence de jouer cartes sur table.

Mon cœur flanche, ma volonté craque. Jacob mérite la vérité. Toute la vérité. Ensuite, je disparaîtrai, le laissant reprendre le cours de sa vie.

— Une scène de la rue a déclenché quelque chose en moi. Ma mémoire est de nouveau complète.

22 - LE SCINTILLEMENT DU CŒUR

Jacob ne me lâche pas la main de tout le trajet jusque chez Maggie, sans doute par crainte que je ne m'enfuie encore. Trottinant sur mes petites jambes pour me caler sur son rythme, je m'accroche à ses doigts comme à une bouée et savoure ce dernier contact avant de devoir avouer ce que je suis. Comment va-t-il encaisser la nouvelle ? Va-t-il paniquer ? Appeler la police ? Le Samu ? J'appréhende beaucoup sa réaction. Quant à Maggie… nul doute qu'elle sera ravie.

Je me répète, mais j'aurais préféré la version dans laquelle je suis droguée. Il n'existe aucun sevrage pour la magie. Soucieuse de rassembler mes idées, je ne décroche pas un mot et Jacob se garde bien de me mettre la pression. Je le sens pourtant sur des charbons ardents.

Nos mains se séparent lorsque je franchis le seuil de la maison de sa grand-mère. À la vue de nos mines chiffonnées, cette dernière comprend que l'instant est grave et nous désigne le salon du menton. Je m'assois avec précaution sur le fauteuil qui fait face au canapé, dans lequel les deux Bourguignons prennent place.

Me parvient alors un florilège d'exclamations de surprise émanant de Maggie et de froncements de sourcils de Jacob quand je leur parle de mes origines. Je leur expose mon statut de fille de lutin et tout ce que cela implique : le fonctionnement de l'agence, l'existence d'un monde magique qui côtoie notre plan terrestre, les lutins victimes d'un mauvais bouche-à-oreille parce qu'ils sont plus petits que la moyenne des gens… Je confirme à mon hôtesse que l'homme de son enfance était un être comme mon père, venu lui remettre un présent qu'il avait lui-même confectionné, pour lui apporter de l'espoir, et qui avait ensuite passé le portail afin de rentrer chez lui.

Fébrile, la grand-mère de Jacob se lève d'un bond. Elle se met à faire les cent pas, triture sa tresse, puis sa broche, puis de nouveau sa tresse. Ses yeux brillants épinglent les miens tandis qu'elle m'interroge sur ce fameux portail qui relie les deux mondes.

Je me concentre sur mon bracelet pendant quelques secondes. Il ne se manifeste pas. De fait, il me laisse le champ libre pour aller plus loin si je le souhaite. J'inspire une grande goulée d'air, prête à livrer une explication dans les grandes lignes. Je le lui dois bien, après tout.

— Nos bijoux sont taillés dans la même roche que les cristaux de fée. Chargés de magie, ils servent à canaliser les énergies, mais également à nous localiser et ouvrir des brèches à travers les deux mondes. Les incantations et les sacrifices appartiennent au passé. Aujourd'hui, il nous suffit d'activer notre talisman pour que son pouvoir déchire le voile de la réalité, l'espace d'un instant. Nous passons alors d'une dimension à l'autre.

— Alors tu peux vivre où tu veux ? m'interroge Maggie, la voix exaltée.

— Non. Ouvrir un passage n'est pas anodin. Même durant quelques secondes, traverser une distorsion de l'espace-temps a une forte incidence sur notre organisme qui doit être capable d'endurer cet état de transition. Si la magie s'avère insuffisante pour lier le corps et l'âme, l'esprit peut se perdre entre les couches de nos deux mondes.

Fascinée, la grand-mère de mon ex-client se rassoit à côté de son petit-fils, ses gestes au ralenti, comme si elle avait peur d'interrompre mon récit.

— Ainsi, un simple humain ne peut pénétrer dans le plan surnaturel. Moi-même, n'étant pas un être purement magique, je ne peux y séjourner trop longtemps, sous peine de voir se désolidariser mon esprit de mon corps. Et inversement pour les lutins. Ceux qui restent plusieurs mois dans le monde humain malgré l'interdiction finissent par voir leur magie les abandonner. Ils terminent alors internés dans des asiles psychiatriques. Mon père ne peut pas…

Ma voix se brise, incapable d'achever la phrase. C'est inutile, de toute façon. Mes interlocuteurs ont bien saisi la raison pour laquelle papa n'a jamais habité avec maman et moi.

Je jette un œil à Jacob. Figé sur le sofa, il reste désespérément muet, les mains sur ses genoux. Au moins n'est-il pas encore tombé dans les pommes.

— Les métisses comme moi sont peu nombreux, conclus-je.

Fataliste, je hausse les épaules.

— Nous sommes juste la preuve que l'amour ne se contrôle pas. Mon père appelle ça le scintillement du cœur.

Le silence qui suit est tel que l'on pourrait entendre un renne voler.

— Un plan magique…

Jacob est dubitatif, Maggie rayonne. Elle a enfin l'explication de ce qu'elle a vécu, fillette.

— La théorie des univers parallèles, la physique quantique… Ce genre de choses, si tu préfères, Jacobi-Wan !

Elle se tourne de nouveau vers moi :

— Il faut lui parler de manière très rationnelle.

— Ce sont des concepts scientifiques qui demandent à être prouvés ! s'écrie le rationnel de service.

— Sauf qu'il n'y a pas de fumée sans feu. Toi qui ne crois que ce que tu vois, tu as été témoin de mes larmes et de tout le reste, asséné-je.

Jacob rumine en silence puis finit par avouer du bout des lèvres que certains érudits considèrent notre monde comme un mille-feuille de réalités possibles. Selon eux, il suffirait de faire une percée pour passer d'une réalité à une autre.

J'approuve.

— Notre portail est cette brèche qui relie les deux plans terrestre et magique. Lorsque celui-ci s'ouvre, cela provoque une réaction lumineuse qui ressemble aux aurores polaires. Par conséquent, dans la mesure du possible, nous n'effectuons les voyages qu'aux extrémités des hémisphères du globe.

Je ris.

— D'ailleurs, la rumeur disant que le père Noël vit au pôle Nord est tenace. En fait, la seule chose vraie est le froid. Je ne sais pas pourquoi, le plan magique fait plusieurs degrés de moins que le plan terrestre.

— Alors toutes tes expressions bizarres : « quand le pôle Nord aura dégelé », « donner sa langue aux rennes », « pompon sur la banquise »…

— Déformation personnelle. Je les ai assimilées à force de les entendre là-bas.

Face à moi, Maggie est en extase. Si elle continue de sourire de la sorte, son visage va finir par se scinder en deux. C'est limite si elle ne bat pas des mains. Je ne suis plus en mesure de reculer et enchaîne vaillamment mes explications :

— Mon père m'a malgré lui laissé un héritage biologique. Imaginez que la magie soit visible sous la forme d'une poussière dorée. Eh bien, un grain de cette poussière est inscrit dans chacune de mes cellules. C'est cette particularité qui me permet de pénétrer dans le monde de mon père et qui crée parfois quelques… interférences.

Je choisis mes mots avec soin pour ne pas les effrayer.

— Elle colore mes larmes et mes joues en fonction de l'intensité de mes émotions. Mes yeux pétillent littéralement de joie lorsque je suis heureuse, comme hier soir au repas. Je passais un très bon moment avec vous et mon corps m'a trahie.

Je sens peser sur moi le regard de Jacob, sans savoir s'il est désapprobateur ou attentif.

— De même, votre boule à neige est très chargée en amour, Maggie. Issue du plan magique, elle réagit sous mes doigts, car je suis sensible à ce qu'elle dégage.

— Donc, ton bracelet canalise cette… énergie que tu as en toi ? demande la Dijonnaise.

— Oui. Il l'empêche de se manifester aux yeux de tous lorsque je le porte. Je peux alors simuler une vie normale, et éviter ainsi de passer pour une bête de foire. D'ailleurs, les enfants que j'aurai avec une personne terrestre seront parfaitement normaux. La magie sera bien trop diluée dans leurs gènes pour avoir une quelconque incidence sur leur vie.

Si un jour un homme m'accepte telle que je suis.

— Ton bijou n'est pas si parfait, râle Jacob. Je te signale qu'il t'a infligé des blessures à plusieurs reprises. Même légères, ça reste des brûlures. Ce n'est pas normal.

Voilà bien une remarque que je présageais.

— Mon bracelet m'a été remis pour protéger mon secret. Ma mémoire endommagée m'empêchait d'être lucide à cent pour cent, il a donc pris le relais. Chaque fois que je m'épanchais un peu trop sur la légende de Noël, ou que je me rapprochais de toi, mon bijou m'envoyait un avertissement. Je risquais d'être découverte. Je n'avais pas le droit de laisser s'installer une telle familiarité avec toi, d'autant que tu es sur la liste des sceptiques.

— Des quoi ?

— Des désabusés. De ceux qui ne croient pas en la magie de Noël. Ceux-là peuvent tout aussi bien être inoffensifs, en adoptant une attitude je-m'en-foutiste, que menaçants, en nous signalant par exemple aux autorités.

Je lui adresse un sourire que j'espère rassurant.

— Désormais, tu as changé de liste avec ce que tu as vécu ces derniers jours. Mon bijou ne fera plus des siennes, maintenant que je me sens assez en confiance avec vous. Je pense que vous êtes aptes tous les deux à me croire.

Je fais une pause un instant, joue avec les perles qui ornent mon pull. Mon assurance n'est en réalité qu'une façade que j'ai appris à monter, brique par brique.

— Mon bracelet n'est pas ma seule garantie. Personne ne connaît le visage du père Noël, car aucun objet technologique ne peut enregistrer son image. Appareil photo, caméra, satellite… La magie ne se capture pas. Elle ne se fixe pas sur une pellicule, ne se transforme pas non plus en un simple code binaire. Toute manifestation surnaturelle ne peut être prouvée sans témoin oculaire direct.

— D'où le flou de la photo que j'ai prise quand tu avais les yeux qui brillaient, en déduit Jacob.

Nous restons un moment silencieux tous les trois.

— Et le chocolat ? m'interroge mon ex-client avec douceur.

Je me sens rosir au souvenir de l'après-midi de la veille.

— À la fois produit typique de Noël et gourmandise aux propriétés aphrodisiaques, cet aliment fait résonance à ma nature. Lorsque l'on mélange la poudre de cacao à la poussière de magie, on obtient un effet euphorisant. Un peu comme une grosse dose d'alcool. Avec ou sans bracelet, j'y reste toujours sensible, et plus j'en ingurgite, plus mon allégresse dure longtemps.

Nouveau silence. À n'en pas douter, cette journée est à marquer d'une pierre blanche.

— Il nous faut un remontant ! clame notre hôtesse. Je dois avoir une bonne bouteille de cognac à la cave, je reviens tout de suite.

Elle part comme un bolide, nous laissant tous les deux en tête à tête. Le grand blond me demande alors d'un air tout à fait sérieux :

— Et donc, les dragons volent en liberté dans le monde de ton père ?

— Mais non, voyons ! Les anciennes civilisations ont inventé cette légende lors de la découverte des squelettes de dinosaures.

J'aperçois son sourire en coin et comprends qu'il me charrie. Jacob se met à glousser, une intuition me frappe. Je sais qu'il va sortir une bêtise monumentale et plaque la main sur sa bouche :

— Non, je n'urine pas des paillettes dorées.

Je sens cet idiot s'esclaffer dans ma paume. Génial. Je m'ouvre à lui et tout ce qu'il trouve à faire, c'est se moquer. Cela dit, c'est mieux que de s'enfuir en courant.

Redevenu sérieux, Jacob ôte ma main et la garde entre les siennes. Je ne la retire pas. C'est déjà une victoire qu'il me touche sans me regarder comme si j'étais un monstre. Je me concentre sur son pouce qui caresse mon épiderme et accorde les battements de mon cœur à ce doux tempo.

— Ainsi, tu as en toi une parcelle de magie. Un héritage génétique, si je comprends bien. Toi-même, tu n'as pas de pouvoir ? Comme jeter des sorts…

— Bien sûr que non ! Nous ne sommes pas dans un film ! le rabroué-je avec véhémence.

— Ma sensibilité à ton charme est donc bien réelle. Je ne suis pas manipulé.

Qu'est-ce qu'il vient de dire, là ? Mon rythme cardiaque part au triple galop. Certes, nous avons passé beaucoup de temps ensemble (bien plus que prévu), mais il ne me connaît que depuis une semaine. Sept malheureux petits jours. Serait-il vraiment prêt à assumer son attirance physique pour moi ? Même si je suis bizarre sans mon bracelet ? Même s'il ne pourra jamais voir de ses propres yeux le plan magique ? Jacob le terre à terre, celui qui était sur la liste des non-croyants ?

Mon espoir retombe comme un soufflé. Il est encore sous le choc, c'est pour cela. Il n'a pas réalisé. Sa nature généreuse le pousse à vouloir ignorer ce détail qui n'en est pas un. Malheureusement, la réalité le rattrapera bien vite. Il n'est pas prêt.

Ses yeux cobalt plantés dans les miens, Jacob porte ma main à ses lèvres pour y déposer un léger baiser. Je le laisse faire malgré moi, mon cerveau est hors service. C'est le moment que choisit Maggie pour réapparaître, une bouteille à la main. Sauvée par le gong ! Enfin, par le cognac.

Maggie et sa douceur vont me manquer, Jacob et sa chaleur aussi. Ma Dijonnaise préférée m'a fait promettre de prendre soin de moi, sans insister pour que l'on reste en contact. Elle n'a pas réclamé mon numéro de téléphone ni demandé à rencontrer d'autres lutins. Elle n'a pas non plus remis sur le tapis le fait que je suis, selon elle, bien assortie à son petit-fils. Je crois qu'elle a senti mon besoin d'espace après tant de temps passé chez elle, à fleur de peau et sans aucun filtre. Maintenant que je suis de nouveau moi-même, j'aspire à retrouver mon intimité. Jacob, quant à lui, n'a pas protesté lorsque j'ai fait mes adieux à sa grand-mère. J'ai remercié notre hôtesse pour ces agréables moments dans sa campagne bourguignonne et lui ai souhaité un joyeux Noël en avance.

Nous sommes le soir du 16 décembre, je suis censée rentrer chez moi dans six jours. Sur le papier, ma mission est terminée. Je ne suis pas certaine d'avoir atteint l'objectif fixé par Jérémy, mais j'ai fait de mon mieux. Ma prestation validée, je toucherai ma rétribution. En outre, vu qu'il a joué le jeu, Jacob ne subira plus les remises en question de son frère sur sa manière de gérer sa vie privée.

En parlant de cela, justement, avec mon ex-client, nous nous sommes donné vingt-quatre heures de réflexion, sans se voir ni se contacter, afin de prendre le recul nécessaire. Lui, pour digérer la nouvelle, moi, pour reprendre le contrôle de ma vie. Le séjour étant payé par l'agence jusqu'à la fin de la semaine, je vais rester jusqu'au bout dans cette charmante ville et jouer les touristes. Ensuite…

Eh bien, je ne sais pas. Vais-je retourner à Lyon pour mes congés ? Tenter une relation avec ce grand blond qui chamboule mes sens ? Mais avec quelle issue ? Je n'en ai aucune idée et il est inutile de m'emballer pour rien. Je sais que Jacob ne dévoilera pas mon secret à son frère, Maggie non plus. Toutefois, ces vingt-quatre heures s'annoncent décisives pour lui : une attirance pour une fille de lutin mérite réflexion.

Les yeux fixés sur la route qui me ramène à mon hôtel, je règle le volume de l'autoradio à l'aveuglette. Comme pour me narguer, Lady Gaga chante qu'il n'y a pas d'erreur à la naissance, qu'il faut simplement s'aimer comme on est. « Garde la tête haute, ma fille, et tu iras loin », lui serinait sa mère, selon la mélodie. Dans un éclair de lucidité, je me rends compte que la mienne a raison : quitter l'agence ne m'apportera rien, mis à part une énorme frustration.

Si l'attitude de mes collègues m'est si pesante, c'est surtout parce que je n'assume pas ma vraie nature. Regretter cette part en moi me pousse à interpréter la moindre parole ; et rejeter en bloc mes origines revient à renier mon père. La paix, c'est en moi que je dois la trouver. Il me faut accepter qui je suis, avant de vouloir la même chose des autres.

23 - LA LUMIÈRE VACILLANTE DES BOUGIES

Si j'étais du genre à me ronger les ongles, il ne me resterait plus que des moignons à la place des doigts. Ce n'est que le début d'après-midi, le délai de réflexion n'a pas encore expiré, pourtant je suis en train d'appeler Jacob. Après moult hésitations, me voilà incapable d'attendre la journée du lendemain pour découvrir s'il souhaite que l'on reste en contact ou pas.

Pour ma défense, je n'ai pas vraiment le choix. Ce soir, c'est l'inauguration d'une exposition de photographies dans une nouvelle galerie d'art située dans un quartier que je ne connais absolument pas. J'ai besoin d'un guide pour m'y rendre. D'autant que le sujet devrait l'intéresser : l'architecture de la ville. D'après ce que j'ai compris, de vieux clichés de monuments d'époque seront affichés à côté de prises de vue actuelles afin de montrer l'évolution de Dijon.

Bref, je ne vois pas pourquoi je me priverais de la compagnie de Jacob, maintenant que tout est réglé entre nous. Au pire, il m'enverra sur les roses, au mieux, nous ferons une sortie sympathique entre amis. Nos secrets de famille confessés, notre lien professionnel rompu, il nous reste cette étrange complicité développée si rapidement au cours des derniers jours.

Cependant, lorsqu'il décroche, sa voix grave déclenche en moi un petit pic de stress. J'avais presque oublié à quel point je suis sensible à son charme. Ai-je vraiment envie de me jeter dans la gueule du loup ?

Jacob approuve l'idée, à condition que l'on dîne ensemble ensuite. Son ton est neutre, ne laissant filtrer aucun sentiment. J'espère que le mien l'est aussi quand je réponds par l'affirmative.

Quelques heures plus tard, je quitte ma chambre d'hôtel, sans oser regarder mon lit jonché de vêtements. C'est un tel fouillis qu'un renard polaire n'y retrouverait pas ses petits ! Il faut dire que je me suis un peu acharnée sur ma garde-robe de voyage lors de l'inventaire de son contenu. Maudissant la petitesse de ma valise, j'ai pesté que je n'avais rien à me mettre, pour finalement me rabattre sur un classique : ma robe patineuse noire. Un tombé au-dessus des genoux, des manches longues, et un grand décolleté en V tout en dentelle. Une subtile façon de laisser deviner mes courbes.

Les cheveux relevés en un chignon faussement strict, j'ai arrangé avec soin quelques mèches longues qui encadrent ma frange, avant d'entreprendre un petit ravalement de façade. Une paire de boucles d'oreilles pendantes pour accrocher la lumière, une pulvérisation de parfum, et me voici prête à écumer les rues de Dijon en compagnie de mon agent immobilier préféré. Chaussée de mes escarpins rouges, je suis apte à affronter la véritable raison de cette invitation.

En effet, demander à Jacob de m'accompagner n'a rien d'anodin. Je n'aurais pas mis autant de temps à me préparer sinon. Au fond de moi, je sais que je me lance un ultime test. Ma mémoire enfin revenue, je veux découvrir si le penchant que j'éprouve pour lui n'était qu'un mirage créé par la situation exceptionnelle, ou au contraire, quelque chose de concret.

Au fil de la soirée, l'exposition s'avère très intéressante, tout comme l'homme qui se tient à mes côtés. Séducteur en diable, il ne passe pas inaperçu, en plus d'avoir la tête bien remplie. C'est vraiment le compagnon idéal pour ce type de sortie. Il donne l'impression de prendre tout l'espace, et pas seulement à cause de sa stature. Jacob est ainsi : imposant et incontournable. Sa main négligemment posée au creux de mes reins, il apprécie les photographies, ponctuant son observation de remarques tout à fait pertinentes.

Du moins, j'imagine qu'elles le sont. Mon corps a surtout conscience de sa paume dans mon dos. Je devrais m'écarter, mais je m'y refuse, et lorsque vient l'heure de partir, c'est avec une docilité exemplaire que je le suis vers l'endroit qu'il a choisi pour nous restaurer.

Surprise, je constate qu'il n'a réservé dans aucun établissement, préférant que l'on partage un repas chez lui. Jacob m'annonce ne pas être un cordon bleu, mais le roi des lasagnes à la bolognaise.

Il pénètre dans la cuisine et allume le four où attend le plat prêt à être gratiné. Figée sur le seuil, je note la jolie table dressée avec sa nappe immaculée, des couverts rutilants, ainsi que des verres sagement alignés. Avant de me retrouver à la galerie d'art, Jacob a parsemé la pièce de bougies qu'il allume à présent. L'ambiance est romantique à souhait.

Je n'en reviens pas que mon ex-client se soit mis aux fourneaux pour moi de manière aussi charmante, avec un tel sens du détail. Faisant mine de ne pas remarquer ma stupéfaction, il m'invite à m'asseoir. Puis il se déleste de sa veste de costume sur le dos de sa chaise et entreprend de desserrer le col de sa chemise.

Nerveuse, je sens quelque chose s'affoler dans ma cage thoracique. Pourquoi sa tenue me semble-t-elle indécente tout à coup ? Il se met juste à l'aise. Bien malgré moi, je lorgne le haut de son torse ainsi offert tout en avançant vers la table. Le regard étincelant, Jacob me prend en flagrant délit, mais a l'élégance de ne faire aucun commentaire. Éblouie par l'éclat de ses yeux, je me fais l'effet d'un insecte attiré par la lumière bleue. Je suis sur le point de me faire griller.

— Qu'est-ce que je te sers ? Un kir ? Un porto ?

— Un jus de fruits, s'il te plaît.

Manquerait plus que l'alcool me fasse perdre la totalité de mes moyens. Le verdict de mon test est sans appel : mon désir pour Jacob est loin d'être une illusion. Et j'ai la faiblesse de croire qu'il en est de même pour lui. Il ne se serait pas donné autant de mal pour me recevoir si ce n'était pas le cas.

Hélas, je déchante vite lorsque j'entends Patrick Swayze entonner les premières notes de *She's Like the Wind*. L'air espiègle, Jacob attend ma réaction. D'un air dégagé, je le félicite pour ses goûts musicaux et lui recommande de visionner le film au moins une fois dans sa vie. Le sourire jusqu'aux oreilles, il promet qu'il va essayer. Ses prunelles rivées aux miennes, il me tend mon assiette remplie de salade d'endives, agrémentée de noix, d'oignon rouge et de comté. Je dois avouer qu'elle est délicieuse. Une entrée simple, mais efficace, à l'image de celui qui l'a préparée. Le fumet qui s'échappe du four finit de me mettre en appétit, et je suis avec attention chacun des gestes de mon vis-à-vis lorsqu'il pose le plat sur la table.

Alors qu'il découpe des parts de différentes tailles, il m'interroge :

— Que veux-tu ?

À l'instant T, embrasser chaque partie visible de ta peau.

Ce n'est évidemment pas une réponse envisageable. Je me morigène et m'oblige à fixer mon assiette, le temps de retrouver ma logique. Jacob croit que je n'ose pas demander et me sert la plus grosse part. Formidable. Au lieu de me ridiculiser, je vais enfler.

— Tu n'as pas intérêt à me dire que je suis une goinfre après ça, ronchonné-je.

— Jamais je ne te manquerai de respect ! s'écrie-t-il avec exagération. Je ne mange pas de cette bûche-là. Plutôt marcher sur du houx sur un kilomètre !

Je tique sur son mauvais trait d'humour, lui jette un coup d'œil incisif. Voilà qu'il s'attaque encore à mes expressions. Toutefois, incapable de résister à son humeur joyeuse, je finis par m'esclaffer avec lui.

Les morceaux de la playlist qu'il a tout spécialement concoctée à mon intention s'enchaînent en fond sonore. Vianney succède à Grand Corps Malade. « Est-ce qu'on se reverra ?[1] » J'avale ma dernière bouchée avec difficulté, étrangement touchée par les paroles. « Tu dis que tu n'es pas la fille qu'on connaît. »

Les yeux de mon ex-client capturent les miens une fois de plus.

— C'est une très belle chanson pleine de sens, ne trouves-tu pas ?

---

[1] *Sans le dire*, Vianney, dans l'album Vianney, 2016.

Sa voix est caressante, je commence à me liquéfier. Son visage prend une beauté toute particulière sous la lumière vacillante des bougies.

— « Et ce que tu donnes me donne le goût de toi », fredonne Jacob en même temps que la musique, me clouant sur ma chaise.

La chanson se termine. Aucune ne la remplace, et tout ce que j'entends, c'est mon sang qui tambourine à mes tempes.

— J'ai hâte de dévorer la suite ! m'exclamé-je pour masquer mon trouble.

Jacob m'observe en silence, une drôle de lueur dans ses iris. Énigmatique, il se lève, m'enjoignant de faire de même. La table entre nous, il lâche alors d'une voix rauque :

— Je suis navré, Ania, la pâtisserie n'est pas mon point fort.

Est-ce une façon un peu abrupte de me signaler la fin du repas ? Aurais-je mal interprété les signes ? Désorientée, je m'applique à lisser le jupon de ma robe.

— Ce n'est pas grave, c'était très copieux et…

— J'ai quand même un dessert à te proposer.

Je retiens mon souffle. Que dois-je comprendre ? Mon pouls s'emballe. Soudain hésitant alors qu'il est en terrain conquis depuis longtemps, Jacob s'approche et m'enlace enfin. Je me hisse sur la pointe des pieds, noue mes bras autour de sa nuque, et l'embrasse avec avidité. Un peu d'ivresse ne fait pas de mal.

C'est le souffle court que l'on se sépare. Jacob me prend la main pour m'entraîner à sa suite dans le couloir. J'ai l'impression que les battements de mon cœur résonnent entre les murs, incarnant l'envie urgente qui s'est emparée de nous. Sur le chemin qui mène à sa chambre, un cadre photo retient mon attention. Jacob, enfant, brandit une épée face à l'objectif, fier comme un coq. Des mèches blondes s'échappent de son casque, identique à celui de son frère. En arrière-plan, Maggie et son défunt époux couvent d'un regard attendri le duo de petits chevaliers. Déjà petit, mon partenaire avait le sens du romanesque. Postée devant le cliché, je me rends compte que je me suis arrêtée quand je sens mon bras relié à Jacob me tirailler.

Ce dernier revient en arrière, impatient.

— Pas maintenant, Ania !

Ses mains enserrent mes hanches d'un geste possessif tandis que sa bouche happe mes lèvres. Il me plaque contre le mur, dans un baiser fougueux. Le premier d'une longue série. Oublié, le Jacob si précautionneux, place au dominant. Et ce n'est pas pour me déplaire. Sa bouche virile soudée à la mienne, mes seins écrasés contre son torse, je savoure cette pression parfaite, des fourmillements dans tout le corps, et je perds pied. J'enroule les jambes autour de sa taille, agrippe ses épaules, mordille la peau tendre de son cou. Là où sa veine palpite et son pouls s'affole. Il laisse échapper un râle puis me porte ainsi jusqu'au bout du corridor. D'un coup d'épaule dans la porte, nous nous retrouvons dans sa chambre. L'antre de perdition par excellence.

Jacob me pose à terre avant de reculer d'un pas. Il se dresse de toute sa hauteur et me scrute, une ténébreuse promesse luisant dans ses pupilles. Le message est clair : pour le stopper, c'est maintenant ou jamais. Il s'agit de ma dernière chance de sortir indemne de chez lui.

Sauf que, ce soir, je ne souhaite pas rentrer à mon hôtel après un chaste repas. Cette nuit, je veux consommer ce qui me fait envie depuis des jours, évacuer cette attirance physique qui a compliqué notre ancienne relation coach-client.

Les yeux plantés dans ses profondeurs marines, je descends avec lenteur la fermeture de ma robe et la fais glisser le long de mes hanches. Le bruissement du tissu qui touche le sol marque mon accord. Satisfaite, je constate qu'il dirige son attention vers mon collier, dont le pendentif se perd au creux de mes seins. Un tel bijou est une incitation à contempler ma gorge dénudée.

Plein d'égards, Jacob éteint le plafonnier au profit d'une lampe de chevet à la lumière plus tamisée. Il me fait asseoir sur le lit, puis, prenant délibérément son temps, m'ôte mes escarpins et mon collant dans un silence quasi religieux. Ses gestes lents m'intimident et m'excitent à la fois. Je suis à sa merci. Volontairement. Exposée à son regard admiratif, j'abandonne toute pudeur inutile.

Il rit :

— Pas de rouge et noir aujourd'hui ?

— Tu n'avais pas l'air réceptif, répliqué-je. Je tente donc une autre couleur.

Pour l'occasion, j'arbore un ensemble bleu nuit composé d'un string et d'un soutien-gorge lacé dans le dos. Celui-là fait son petit effet, mais Jacob n'y touche pas. Pas encore. Il retire une à une mes longues épingles à cheveux et plonge la main dans ma chevelure.

Incapable de résister davantage, je me mets debout afin de déboutonner sa chemise. Débarrassé du tissu rayé, je peux apprécier ses muscles qui roulent sous mes doigts. La tête levée vers lui, j'ouvre ensuite la braguette de son pantalon, laisse tomber le vêtement à ses pieds. À mon plus grand plaisir, son boxer moule son érection à la perfection.

Fébrile tout à coup, mon Viking d'un soir achève de se déshabiller tout en m'entraînant sur le matelas. Je m'installe sur lui à califourchon, engloutie par une vague de chaleur. Le regard fiévreux, je bénis mon bracelet de bloquer ma magie. Je ne voudrais pas l'effrayer avec mes yeux de luciole, ma peau parcourue d'éclairs dorés.

Jacob longe des doigts ma clavicule jusqu'à ma nuque, descend avec sensualité le long de ma colonne vertébrale, et s'arrête sur les crêtes de mes hanches. Ses mains qui m'agrippent, chaudes et fermes, éveillent un incendie au plus profond de mon intimité. Dégrafant mon soutien-gorge, je l'invite du regard à me toucher, et la concupiscence que je lis sur son visage provoque en moi de délicieux frissons. Puis, les paupières closes, je savoure sa grande paume qui englobe un de mes seins. Son pouce en effleure la pointe, m'électrisant un peu plus. Sa bouche, qui vient remplacer sa main, m'arrache une plainte. Jacob a pris le contrôle.

Mes doigts se mettent à parcourir son corps, tracent de larges arabesques sur son dos, plongent pour s'emparer de son membre tendu. Il n'y a plus que la fine dentelle de mon string qui nous sépare. Frémissante d'anticipation, j'entends ma respiration s'accélérer d'un cran.

— Attends ! Enlève ton bracelet, m'ordonne Jacob.

— Quoi ? Non, c'est inutile.

Je ne reconnais pas ma voix, éraillée par l'émotion.

Il ignore mon refus, se saisit de mon poignet et ouvre le fermoir.

— Je veux te voir telle que tu es.

Posant mon bijou sur la table de chevet, Jacob s'empare d'un sachet carré dans le tiroir et me le tend. J'oublie alors tout le reste. Avec empressement, je déroule le préservatif sur son pénis dressé, retire le dernier bout de tissu que je porte et l'accueille en moi dans une danse au tempo universel. Nos corps imbriqués l'un dans l'autre, je me sens complète. Une main cramponnée à la base de ses cheveux, l'autre qui griffe sa hanche, je halète.

Fasciné, mon amant suit les contours de la poussière de magie qui fuse sous ma peau. Émerveillé devant mes émotions ainsi mises à nu, il s'applique à ne pas jouir avant moi. Mes propres ondulations couplées à ses va-et-vient décuplent mon plaisir, jusqu'à ce que ce dernier me submerge définitivement. Cambrée au-dessus de Jacob, tous mes muscles se tendent. Je le sens alors venir à son tour. Essoufflée et comblée, je me délecte de ses discrets gémissements. Ses mains se contractent autour de ma taille tandis qu'il m'embrasse dans un dernier tressaillement. À ce moment précis, Jacob m'appartient.

Languide, je me laisse aller contre son torse. Un sourire tranquille accroché aux lèvres, je savoure son souffle dans mes cheveux, m'enivre de son odeur masculine. Je pourrais rester ainsi une éternité, à l'abri dans ses bras protecteurs et tendres à la fois. Apaisée, gagnée par l'endorphine, je me mets à somnoler.

24 - DES DOUTES PAR MILLIERS

La chaleur des rayons du soleil sur ma peau me réveille en douceur. À ma gauche, Jacob dort encore, son visage d'adonis serein, ses pectoraux à moitié recouverts du drap. Saisis par l'excitation, notre première fois a été plus rapide que la suivante. Soignant les préliminaires, mon grand blond s'est alors fait un devoir de parcourir chaque millimètre de mon épiderme jusqu'à la source de ma féminité.

Cette nuit, je me suis laissée complètement aller. Heureusement que ma magie ne me fait pas briller dans le noir, Jacob aurait pu me confondre avec une veilleuse, vu l'état dans lequel j'étais. Il est vrai que m'abandonner à son étreinte m'a quelque peu ébranlée. Sentir ses muscles se contracter sous mes caresses, voir ses beaux yeux se voiler, entendre son souffle erratique… Avoir autant de pouvoir sur un homme aussi viril est désarçonnant. Tout comme sentir nos corps se fondre l'un dans l'autre avec une telle facilité. Éluard disait : « Il n'y a pas de hasard, il n'y a que des rendez-vous. » Eh bien, ma rencontre avec Jacob en est un. C'est comme si chaque minute passée ensemble, chacun de nos gestes de la semaine avait tendu à cette soirée. Cela ne pouvait que finir ainsi.

Je m'extirpe doucement du lit, remets mon bracelet, et me rends à la salle d'eau pour prendre une douche. Tout en réglant la température au robinet, je me dis que Jacob est le premier à qui je fais autant confiance. Jacob le conquérant, Jacob si plein de sensualité. Mon amnésie partielle m'a offert un recul que je n'avais pas auparavant. Oublier ma particularité m'a forcée à me montrer sous mon vrai jour, sans déclencher la catastrophe que je craignais. De fait, certains de mes amis proches sont peut-être prêts à entendre la vérité. Du moins, ils le méritent. Peut-être, aussi, ne me suis-je pas assez investie dans mes relations passées. Comme Jacob, par peur de reproduire une cellule familiale qui ne me plaît pas.

Mes parents m'ont toujours seriné qu'assumer sa différence, c'est reconnaître que chacun d'entre nous est unique, bien que faisant partie d'un grand tout. S'aimer soi-même et aimer les autres est la fondation même du bonheur. Car l'amour fait des miracles et régit le monde depuis la nuit des temps. Tel est le credo du monde magique. Celui du monde terrestre reposerait plutôt sur l'importance de se créer un cocon protecteur, un foyer dans lequel on peut être soi-même sans crainte. Au final, cela revient au même.

Néanmoins, ma petite taille m'a démontré que lorsque l'on ne rentre pas dans les cases, on se heurte à l'incompréhension des gens. Alors, dans un monde aussi ordonné, quel homme serait capable d'accepter ma bizarrerie à long terme ? Qui accepterait de mêler ses gènes aux miens dans ces conditions ? Miser ma sécurité sur un simple bijou tient de l'absurde.

Je secoue la tête de dépit, m'empare d'une grande serviette éponge pour me sécher. Je ne veux pas finir dans mon studio avec, pour seule compagnie, un poisson rouge et le voisin du dessus qui se prend pour Johnny Hallyday quand il a un coup dans l'aile. J'aimais ma vie indépendante, mais je sais très bien que c'est parce que je n'avais pas encore rencontré celui qui me donnerait envie de vraiment me dévoiler. Quelqu'un qui ressemblerait à Jacob.

Je finis tout juste de m'habiller quand la porte s'ouvre derrière moi. Sans un mot, mon amant s'accroche à mes hanches. Avec un soupir d'aise, j'appuie mon dos contre son torse. Blottie contre lui, je souris à son reflet dans le miroir d'en face. Il pose son menton sur le sommet de mon crâne et resserre son étreinte, m'annonce qu'il est heureux que je sois restée pour la nuit. Puis, tout en tendresse, Jacob me dépose une pluie de baisers dans le cou. Nul doute que, si je ne veux pas qu'il profite de ma faiblesse, je vais devoir investir dans des cols roulés.

Me faisant pivoter face à lui, il désigne mon poignet :

— Tu peux l'enlever quand tu es avec moi, ça ne me dérange pas.

Moi, si.

Avec un sourire crispé, je l'informe que je préfère conserver le réflexe de le porter, au cas où quelqu'un viendrait à l'improviste. Il me sonde du regard, à moitié convaincu.

— Je fais un brin de toilette et je suis à toi pour la journée, finit-il par lâcher.

— Je m'occupe du café ! claironné-je.

Je lui vole un baiser avant de quitter la pièce pour aller débarrasser la table de la veille.

Alors que je m'escrime à comprendre comment fonctionne la machine à expresso, une question me taraude. Maintenant que notre désir est assouvi, quelle est la suite du programme ? Je passe la fin de semaine ainsi que mes congés avec lui, et après ? On entame une relation à distance ? Qu'adviendra-t-il une fois passés les frissons de la passion ? Retournera-t-il papillonner auprès des filles habituelles ? Jacob veut tellement faire des efforts et suivre les conseils de ses proches… Se sert-il de moi comme d'un dérivatif ?

Cet instant partagé entre deux adultes consentants ne se révèle pas sans incidence, comme je voulais le croire. Cette nuit, je me suis brûlé les ailes. Je redeviens cette petite fille au bord de la piscine, qui serre avec force la main de sa mère avant de sauter à l'eau. Une gamine qui inspire une grande goulée d'air, terrorisée d'avoir la tête sous l'eau. J'ai peur de m'enfoncer dans l'inconnu.

Au fond, je redoute de développer des sentiments pour lui. Je suspends mes gestes alors que l'évidence m'apparaît en toute clarté : je dois quitter cet appartement avant de tomber amoureuse. Avant que mon cœur ne se lie irrémédiablement à Jacob, mais que la différence ne nous sépare. Avant que la nouveauté prenne un goût amer pour lui.

Le désir, d'accord ; la complicité, d'accord aussi ; mais pas l'amour. Pas maintenant. Jacob commence tout juste à lâcher du lest. Il doit encore accepter ses relations sans craindre de mettre une femme enceinte, tandis que moi, je veux des enfants sous peu.

Oui, je dois partir maintenant. J'ai l'impression de ne pas cesser de fuir depuis que je suis à Dijon, mais ce n'est pas au vieux lutin qu'on apprend à faire la grimace. Si j'affronte Jacob, je sais comment cela va se terminer. Avec son don d'hypnose sorti de je ne sais où, il réussira à me convaincre de nous donner une chance, de laisser le temps faire son œuvre. Et je suis consciente que mon cœur lui est déjà pratiquement acquis. Je ne me remettrai pas d'un échec. En outre, nous n'habitons pas la même région. Ce serait compliqué.

Avec application, je fais taire la petite voix qui me susurre que je peux exercer mon métier n'importe où, que changer de ville ne serait pas gênant. Le bruit de la machine à café qui se met en marche me fait sursauter. Affolée, je jette un œil vers le couloir. Jacob ne va pas tarder à sortir de la salle d'eau.

Je m'empare du bloc-notes posé sur le comptoir de la cuisine, en déchire une feuille, et la pose bien en évidence à côté de sa tasse. Une page blanche pour démarrer une nouvelle histoire, un papier vierge afin d'écrire de nouvelles choses. Un ultime clin d'œil à notre relation qui n'en est pas vraiment une ; le rappel de cette fois où Jacob, fier de lui, m'a tendu une feuille rouge. Je le revois comme si c'était hier, son air railleur au milieu des chalets de bois du marché de Noël, jouant l'effronté. Il n'avait pas du tout listé ce qu'évoquaient pour lui les fêtes de fin d'année. Il avait même poussé la plaisanterie jusqu'à ramener des bonnets de circonstance.

Ma main tremble un peu lorsque je récupère mon manteau ainsi que mon sac à main. Avec précaution, j'ouvre la porte d'entrée, prie pour que cette dernière ne grince pas sur ses gonds. Je n'aime pas les adieux et les explications sont superflues. Jacob comprendra. Il est temps pour moi de laisser la place à quelqu'un d'autre, quelqu'un de son monde à lui. Il est temps que je retourne à ma propre vie avant de ne plus pouvoir m'y résoudre.

25 - QUE TES VŒUX SOIENT EXAUCÉS

Ces trois derniers jours ont été les plus longs de toute mon existence. C'était une très mauvaise idée de rester à Dijon, car tout me rappelle Jacob. J'ai cru le voir des centaines de fois au détour d'une rue. Chaque grand homme blond a fait battre mon cœur plus fort, et autant dire qu'avec mon mètre cinquante-neuf, il y en a eu beaucoup.

Ironie du sort, l'avant-veille, la radio a joyeusement annoncé la Saint-Jacob, faisant grimper mon mal-être à son paroxysme.

Le matin où je l'ai quitté, Jacob m'a appelée. Comme je n'ai pas décroché, il m'a laissé un message vocal pour me dire qu'il avait passé un bon moment, qu'il savait que moi aussi, et que sa porte restait ouverte. Depuis, je ne l'ai pas recontacté, et lui non plus. Ce qu'il ne saura jamais, c'est que j'ai composé son numéro des centaines de fois, sans me résoudre à appuyer sur le bouton d'appel. À moitié entichée de lui, j'ai préféré m'en tenir à ma décision : couper court tout de suite à notre étrange histoire. J'aurais dû toutefois aller jusqu'au bout de ma démarche et prendre la route direction Lyon. Au lieu de cela, j'ai traîné mon âme en peine, incapable de m'éloigner de cette ville que j'aime de plus en plus. Pathétique.

À présent, ma réservation arrivée à expiration, il est temps de partir pour de bon. J'effectue une dernière inspection de ma chambre pour m'assurer de ne rien oublier : tout est en ordre. Il ne me reste plus qu'à laisser la clé à la réception de l'hôtel.

Saluant les membres du personnel pour la dernière fois, je m'applique à sourire poliment et tente d'ignorer la tenaille qui me comprime le cœur. Je franchis la double porte, cligne des yeux, éblouie par le soleil, et fouille dans mon sac, à la recherche de mes clés de voiture. Lors de la remise de mon ordre de mission, mes collègues ont été sidérés d'apprendre que je préférais me rendre à Dijon par mes propres moyens plutôt que de prendre le train. Ils ne se doutent pas à quel point j'apprécie mon indépendance, assise derrière le volant, la musique à fond. Je crois que j'ai développé une légère aversion pour les transports en commun, ma petite taille m'ayant souvent réduite à renifler les aisselles ou à me faire écraser pendant les trajets. En plus, le siège conducteur réglé à sa hauteur maximale, je n'ai nul besoin de me ridiculiser avec un coussin sous les fesses pour voir la route. Je préfère de loin le confort de ma voiture.

Tandis que je m'approche de la place où je suis garée, mon regard est attiré par une silhouette. Un homme se tient nonchalamment appuyé contre ma carrosserie. Celui de tous mes tourments. Celui qui détraque mon radar en toutes circonstances. À sa vue, mon cœur s'affole de façon presque douloureuse.

Je me mords la lèvre de nervosité en continuant d'avancer bravement vers mon véhicule. Jacob a l'air serein, mais ne sourit pas. Le fait que je traîne ma valise derrière moi ne laisse aucune place au doute : je comptais rentrer chez moi sans faire de halte au quartier Montchapet. Si j'avais souhaité séjourner dans son appartement, je l'aurais contacté, et vu que ce n'est pas le cas…

Malgré tout, il est là. Me cueillant à la sortie de l'hôtel, sûr de lui.

— Comment…

— Tu as donné l'heure de ton départ au réceptionniste.

— Tu m'espionnes ? Tu l'as soudoyé ?

Je devrais le prendre pour un maniaque du contrôle ou un obsédé. Au lieu de cela, je me sens flattée, importante à ses yeux.

— Tu as réfléchi ?

Je ne réponds pas, prise de court. Je n'ai pas cessé de penser à lui. Avec à chaque fois la même conclusion : Jacob va cruellement me manquer, mais je ne suis pas faite pour lui. Certes, j'ai eu tort de partir de la sorte. J'aurais dû lui exposer mes craintes, lui préciser que le problème ne venait pas de lui. Sauf que cela aurait sonné faux. La phrase typique que l'on sert lors d'une rupture, suivie du sempiternel « mais on reste amis, hein ? ». Très peu pour moi.

D'un geste mécanique, j'ouvre le coffre de la voiture et y dépose mon bagage. Imperturbable, mon grand blond continue :

— Toi qui défends la magie de Noël, tu commets une erreur. Nous avons une tradition importante ici. Chaque année, le 24 au soir, un père Noël descend du haut de la Tour Philippe le Bon pour distribuer des papillotes. Sache que c'est une véritable insulte de ne pas y assister.

Perturbée, je dois m'y reprendre à deux fois pour claquer le hayon arrière.

— En plus, mamie a encore prévu un repas pour vingt alors que nous ne serons que cinq. La présence d'un convive supplémentaire serait appréciable.

D'un air faussement innocent, Jacob se met à me décrire le menu et j'en ai l'eau à la bouche rien que d'y penser : toasts de foie gras, terrine de sanglier, saumon fumé, dinde de Bresse farcie aux truffes, avec ses marrons, pain aux noix et bûche maison. Mon ex-client a bien conscience que mon estomac sur pattes a sa propre volonté. Tout comme il sait que je n'ai pas de projet défini pour le réveillon. Je lui avais confié vouloir laisser mes parents profiter de leur tête-à-tête.

Dans ces conditions, passer le soir de Noël avec lui est tentant, bien que déraisonnable. Je n'ai partagé son lit qu'une seule nuit, et cet homme en sait bien plus sur moi que n'importe quel autre. Sa grand-mère est au courant de ma particularité, mais son frère ainsi que son épouse et leur fils sont de parfaits inconnus. Notre assemblée ferait un drôle de tableau.

— Je ne peux pas m'immiscer dans votre repas de famille, argué-je en contournant avec lenteur ma voiture.

— Sauf si tu viens en tant que petite amie officielle, riposte Jacob.

Il s'interpose entre la portière conducteur et moi, ne me laissant pas le loisir d'agripper la poignée.

— Ania, c'est ta dernière chance. Je ne te promets pas que cela nous mènera quelque part, mais je peux t'assurer que, sans essayer, nous ne le saurons jamais. Tu ne me feras pas croire que je ne suis qu'un coup d'un soir. Tu n'es pas ce genre de fille. Et si c'était ce que je recherchais en t'invitant chez moi, je te l'aurais précisé.

Il me saisit les poignets, m'attire à lui avec fermeté.

— D'autant que tu ne m'aurais pas laissé enlever ton bracelet, cette nuit-là.

Il soupire.

— Je ne sais pas ce qu'il te faut de plus ! Je t'appréciais déjà avant de découvrir ce que tu appelles ton anomalie. Ça ne change rien. Je me fiche d'où tu viens, je sais qui tu es. Je sais que tu as rempli mes journées comme jamais, et que ces vacances sont les plus excentriques que j'aie jamais eues. C'est maintenant à ton tour d'en prendre.

Il se tait un bref instant, cherche ses mots. Suspendu à ses lèvres, mon cœur est proche de la rupture, et mes joues me brûlent.

— Ania, je ne peux résister à cette moue lutine, à tes décolletés pas si sages et à ces courbes d'enfer. Mais, par-dessus tout, j'aime ta façon de prendre la vie à bras-le-corps en faisant de chaque instant une fête, la tête haute et le cœur grand ouvert.

— Je…

Il ne me laisse pas finir et m'embrasse avec douceur. Longuement. Délicieusement. Méthodiquement. Pour bien appuyer chacun de ses arguments. La fourmilière dans mon ventre se réveille et s'agite en tous sens. J'ai le tournis quand sa bouche quitte la mienne.

— Il doit bien y avoir un service après-vente pour ta prestation, murmure-t-il tout contre mes lèvres. Dis à ton patron que, pour ne pas perdre le bénéfice de mon coaching, j'ai besoin d'emprunter miss Noël plus longtemps. Parce qu'elle m'a envoûté et que mon romantisme n'a envie de fonctionner qu'avec elle. Et que je jure de ne plus la forcer à manger du chocolat, pour son bien comme pour le mien.

Soit, son raisonnement est inattaquable. *Ania, tu as trouvé plus fort que toi.* Vaincue, je me love tout contre lui.

Contre toute attente, Jacob agrippe mes épaules pour m'écarter et harponne mes prunelles avec sévérité.

— En revanche, je te préviens, Ania Roche : c'est la dernière fois que je te fais une déclaration désespérée de ce genre. J'en ai assez de te courir après, même si je vais vite avec mes grandes jambes.

Radieuse, je me noie avec extase dans l'océan de ses iris. Oui, définitivement, le bleu est ma couleur préférée.

Remerciements

Cette année 2021 a un petit goût de magie avec la sortie de mes deux romans aux Éditions Elixyria : un rêve de petite fille devenu réalité grâce à un travail acharné. À moins que ce ne soit un coup de pouce des lutins du père Noël…

À peine *Captive de sang* achevé, Ania s'est imposée à moi un beau matin. Sourire mutin, yeux qui pétillent et bouche en cœur, elle m'a convaincue d'écrire son histoire. On consomme à foison, on vit trop vite, tandis qu'Ania, elle, aime profiter de chaque rencontre. Et si elle peut diffuser son message d'amour aujourd'hui, c'est grâce à un certain trio de choc. Laetitia et Didier, merci de m'avoir renouvelé votre confiance aussi vite. Céline, je suis ravie d'avoir collaboré de nouveau avec toi sur ce titre.

D'autre part, faire ses premiers pas d'auteur nécessite de pouvoir s'appuyer sur ses proches. Ceux qui sont présents pour nous encourager lorsque les mauvaises ondes pointent le bout de leur nez.

Merci à mon mari, mon pilier au quotidien. Celui qui comprend mon besoin de prolonger l'expérience de l'écriture, et qui serre les dents quand je passe trop de temps devant mon ordinateur pour les beaux yeux de Jacob.

Merci à mes supports techniques. Mon papa, qui a créé des marque-pages uniques en 3D pour ma première sortie en public. Et Zaïneb, qui me sermonne quand je rechigne à faire ma propre promotion (Je t'avais dit que je placerai ta *punchline* dans un roman, c'est dorénavant chose faite).

Merci également à ma sœur, qui ne porte pas Noël dans son cœur. J'ai adoré tes remarques cinglantes (et parfois pertinentes), me donnant envie de défendre mon manuscrit jusqu'au bout.

Et enfin, merci à vous lecteurs. Les tout premiers rencontrés en salon, les anonymes qui prennent le temps de laisser des avis sur les plateformes, ceux qui me contactent via les réseaux sociaux, et puis les nouveaux, qui viennent de parcourir les rues de Dijon à mes côtés. Merci à vous pour votre confiance. Merci de faire vivre mes personnages et d'en parler autour de vous.

Sur ce, je laisse la parole à Ania qui, en tant que coach, tient à vous livrer un dernier conseil : « N'oubliez jamais qui vous êtes, d'où vous venez, et où vous allez ! »

L'Auteur

Née à Annecy, étudiante en communication à Lyon, Stéphanie Roselière a finalement posé ses valises sur une colline près de Saint-Étienne où elle exerce son métier de chargée de contenus Web.

Les plaisirs simples d'une vie authentique suffisent à son bonheur : un bon bain, un roman passionnant et de joyeux moments en famille avec ses matrus comme on dit en gaga. Rêveuse dans l'âme, elle aime lire tout ce qui lui passe sous la main avec toutefois une préférence pour la littérature de l'imaginaire et des héroïnes qui ne comptent pas pour des prunes.

La rédaction étant au cœur de son métier, après avoir appréhendé les codes de la Toile, elle se lance dans l'écriture de romans. Et parce que son côté fleur bleue va de pair avec ses aspirations romanesques, elle aime glisser dans ses histoires des valeurs qui lui tiennent à cœur.

Dans la collection
Elixir of Moonlight - Morsures

Captive de sang

Du même auteur

Lorsque Sénaé sort ce soir-là, elle est très loin de se douter que sa vie va basculer face à son sujet de mémoire universitaire : le mythique vampire. Au mauvais endroit au mauvais moment, elle se retrouve captive d'un clan de buveurs de sang. Refusant de devenir l'une de ces sombres créatures, la jeune fille lutte alors contre leur chef tyrannique, mais aussi contre elle-même quand une attirance inconcevable vient sérieusement compliquer les choses.

Entre surnaturel et contraintes bien réelles, Sénaé réussira-t-elle à conserver son intégrité ?

… D'autant plus que l'ennemi n'est pas toujours celui que l'on croit.

Mentions légales
Éditions Élixyria
Clamont
23430 – Châtelus-le-Marcheix - France
ISBN : 978-2-37961-379-1
Collection Elixir of Love
ISSN 2607-575X
Dépôt légal Janvier 2022
Imprimé en U.E.